Il reclamo dell'alfa

Grandi orsi cattivi
Libro 1

Renee Rose

Lee Savino

Traduzione di
Cristina Zappalà

 Creato con Vellum

OTTIENI IL TUO LIBRO GRATIS!

Iscrivetevi alla newsletter di Midnight Romance per ricevere La Vergine e il Vampiro e notifiche riguardo a nuove pubblicazioni!

https://dl.bookfunnel.com/wg56byh1hb

OTTIENI IL TUO LIBRO GRATIS!

Iscrivetevi alla newsletter di Renee per ricevere Preludio e Indomita, scene bonus gratuite e notifiche riguardo a nuove pubblicazioni!

https://subscribepage.com/reneeroseit

Ricevi un libro gratuito, **Allevata dai Berserker** (solo per i fan più sfegatati iscritti alla newsletter di Lee). **Clicca qui per cominciare**

Capitolo uno

Paloma

Mi fiondo all'armadio nell'istante in cui la serratura della porta della camera si chiude.

Vestiti neri, in modo che di notte non mi si veda. Calzini flessibili con le dita, per aggrapparmi alla pietra grezza della villa.

Mi levo di corsa l'abito 'da lavoro' per infilarmi la tuta della fuga.

Ho stimato di avere dai tre agli otto minuti prima che capiscano come riallacciare la corrente – lasso di tempo in cui devo uscire sul balcone, scendere lungo la facciata e buttarmi nell'oceano, dove le telecamere di sicurezza non riprendono e i sensori termici non individuano.

"Ce la puoi fare, ce la puoi fare, ce la puoi fare," mi cantileno sottovoce mentre con dita tremanti recupero dalla borsetta il necessario per lo scasso – attrezzi che ho infilato nella tasca dei pantaloni neri da yoga settimane fa, dopo aver beccato il figlio tredicenne del giardiniere forzare il garage durante uno dei rari momenti in cui sono potuta uscire in giardino senza supervisione. Thom mi aveva spedita fuori per una passeggiata dopo avermi detto che sono sovrappeso e devo fare più ginnastica. Elettrizzante poter uscire...

Il ragazzino mi ha detto che non voleva far nulla, che si stava solo allenando nello scasso. Mi ha mostrato il manuale e il kit ordinati in rete. Io gli ho risposto che me lo sarei tenuto per me... ma che dovevo confiscargli tutto quanto. Crudele ma necessario. Gli lascerò le cose nell'aiuola sotto la mia finestra. Magari un giorno le ritroverà.

M'inginocchio davanti alle portefinestre del balcone.

Faccio scivolare la sottile chiave di tensione nella serratura con un po' di pressione. Poi ci infilo la forcina. Per concentrarmi chiudo gli occhi. Mi sono allenata almeno un centinaio di volte. So già dove sistemare ogni singola forcina, una alla volta, finché la serratura non cede. Con un pizzico di pressione in più sulla chiave... scatta.

Clic.

Non sono mai andata oltre. Non ho mai potuto aprire le porte perché i monitor elettronici qua in cima ne avrebbero informato le guardie. Ma adesso che la corrente è saltata... posso permettermelo.

Espiro, m'infilo gli attrezzi in tasca e tiro le porte con tutte e due le mani.

Non si muovono di un millimetro.

Esamino lo stipite. Ho dimenticato qualcosa? Non è che le serrature sono due? O c'è magari una sbarra, una barriera... non vedo niente.

"Dai, su," ringhio in tono sommesso. Tiro più forte.

Non si muovono.

"*Juepucha,*" brontolo. "Apritevi, stronze." Tiro con tutta la mia forza. Si spalancano ed entra in camera una folata di brezza oceanica che fa sventolare le tende.

Sì!

La mia parentesi di ragazza rinchiusa nella torre si chiude qua. Scivolo fuori e richiudo silenziosamente le porte.

Avrai certo sentito parlare delle ragazze nelle torri, no? Alcune dovrebbero essere belle fanciulle. Altre principesse. Ce ne sono con lunghi capelli per far arrampicare principi salvatori.

Io però... sono una specie di strega. Vedo il futuro di un'azienda solo leggendone le cifre.

Ecco la mia utilità nel trading infragiornaliero.

Tecnicamente sono anche una fanciulla, se s'intende vergine. Sulla bellezza la giuria deve ancora deliberare. Va bene bella in generale o serve la pelle candida? Non l'ho mai capito. Vabbè. Sono latino-americana – se te lo stai chiedendo, m'identifico come rientrante nei BIPOC: neri, indigeni e non bianchi. E non porto la 34. Non mi ci avvicino neanche.

Scavalco con una gamba il parapetto di marmo intagliato che segue il balcone e mi ci metto a cavalcioni; poi faccio passare anche l'altra gamba e mi tengo in equilibrio sul davanzale di due centimetri che costeggia la facciata.

Non guardare giù, bisbiglio.

La mia particolare fiaba manca d'un graticcio che mi faccia scendere, ma lungo la facciata corrono i cavi di metallo a sostegno dell'edera. Mi sporgo, avvolgo le dita dei piedi attorno a uno e vedo se regge il mio peso. Regge.

Trattenendo il fiato, sposto una mano su un altro cavo. Mi taglia, però funziona. Abbandono la sicurezza del davanzale e col piede libero cerco un cavo più sotto. È più lontano del previsto, ma alla fine ci arrivo. Poi mi rendo conto che pure alcuni rami potrebbero essere abbastanza grossi da reggermi.

Meglio. Scendo cercando i cavi coi piedi ma aggrappandomi ai rami più spessi con le mani. Sono al secondo piano – adesso però mi sembra di essere molto più su e lontano dal suolo. E ho già perso troppo tempo.

La luce tornerà da un momento all'altro.

Il ramo cui mi reggo è troppo sottile, e si spezza. Mi tuffo in avanti agitando le dita a caccia di qualcos'altro, e finalmente mi aggrappo. La pelle si squarcia e le dita bruciano, ma me ne accorgo appena. Penso solo ed esclusivamente a scendere.

Salto in anticipo – mi faccio male alla caviglia e sbatto il ginocchio a terra. Ma non importa: sono fuori. Parto nella corsa più veloce possibile alla volta dell'oceano.

Mi sono allenata, eh. Non sarò un fuscello, ma ho corso ogni giorno sul tapis roulant che dà sull'acqua sussurrandomi che sarebbe venuto il giorno della fuga. La malattia mi ha complicato le cose, ma il farmaco pare funzionare.

Stasera non ero pronta. Volevo individuare Wren ed escogitare un piano per portarla in salvo, prima della fuga. E dovevo anche capire come procurarmi la medicina che mi tiene in vita. L'ultima volta che ho cercato di scappare sono svenuta prima di andar tanto lontano. Ma adesso mi sento più forte – e poi non ho scelta. Non c'è più tempo.

Thom mi ha illustrato il suo disgustoso piano oggi a cena.

Domani, in serata, venderà all'asta al miglior offerente me e i miei servizi. Non basta che gli faccia fare i miliardi. Deve pure vendermi a uno dei suoi amichetti per cementare una super-fusione nella sua perversa versione di matrimonio combinato!

Scusa tanto, ma no. Mai.

Stavolta il piano funzionerà. Deve.

In una fiammata improvvisa, si riaccendono le luci della villa.

Maledizione.

Scappa, scappa, scappa. Abbasso la testa e scatto più veloce che posso. I piedi toccano sabbia.

Parte un allarme. Gli ci vorrà comunque un po' per capire che sono sparita – speriamo. Abbastanza perché riesca a...

"Ferma lì!" strilla uno.

No! Mi hanno beccata.

Potrei ancora farcela. Posso nascondermi in acqua. Ci arrivo e mi butto, mi tuffo nel gelo prima che sia troppo profondo... quindi do più una spanciata. Con le mani sulle rocce sottostanti, mi spingo in avanti.

Senza girarmi. Non voglio vedere quanto sono vicini. Se mi seguono. Chiudo forte gli occhi e sguazzo convinta, dimenticando che anche se non mi prendono nell'oceano corro il rischio di rimanerci.

Comunque mi prendono.

Mi avvolgono un braccione attorno al collo e mi ficcano la testa sott'acqua. Mi tengono giù.

Mi dimeno, scalcio, sgomito, cerco di sfuggirgli. Devo respirare...

Ma vuole ammazzarmi?

Evidentemente non sa che sono la gallina dalle uova d'oro.

Nelle acque che mi attorniano è tutto attutito, ma sento che sopra urlano. Fulmini mi prendono fuoco ai margini del campo visivo. Davanti agli occhi danzano delle stelline.

E poi mi tirano su. Dai capelli.

"Che fai?!" strepita Thom dalla spiaggia.

"Scusi, signor Thompson. Credevo fosse un'intrusa."

"Riporta in spiaggia mia figlia."

Figlia. Mi viene da vomitare ogni volta che mi chiama così.

Insieme a un'altra guardia Chip, il capo della sicurezza, mi piglia dalle braccia per trascinarmi fuori, sulla sabbia, dove Thom mi rifila uno schiaffo in faccia.

Sospetto fosse la mia ultima possibilità. Se esiste un uomo provvisto almeno di un briciolo di coscienza fra quelli che lavorano per Thom, devo avvertirlo. Se anche non gli disubbidisse, magari avvertirà le autorità...

"Lasciami andare!" urlo. "Non puoi vendermi all'asta. Non sono di tua proprietà! Non puoi tenermi prigioniera qui per sempre!"

Senza che neanche me ne accorga, un ago m'infilza la parte carnosa del braccio. Guardo negli occhi il responsabile e scorgo un luccichio di sadico piacere prima che si faccia tutto buio... prima che le gambe mi tradiscano.

* * *

Darius

I miliardari hanno un odore particolare. Non di semplice pelle umana pulita, ma anche di costosi prodotti per la cura della stessa, essenze rare, alimenti più ricchi.

Così pensa l'orso, almeno. Dopo anni a Manhattan, il naso del poverino si è adattato a ogni sorta di puzzo cittadino. È un sollievo prendere l'elicottero per un fine settimana negli Hamptons – anche se dovrò stare gomito a gomito con la crème de la crème di Wall Street. Scendo sull'asfalto e prendo la prima boccata d'aria pulita da mesi. Sa di dolce con un pizzico di sale. Oltre mezzo miglio di prato curato col sole lampeggia sulle acque sferzate dal vento.

Più ricchi si è, più terra ci si può permettere. Dopo aver saputo del successo della mia società d'investimenti immobiliari e del mio nuovo fondo speculativo, la *Medvedev Enterprises* e la *Mountain Top Investments*, Thom Thompson mi ha invitato da lui per il week end lungo per presentarmi potenziali clienti. È padrone di una grande tenuta sull'oceano immersa in riserve naturali.

Boschi, sottolinea l'animale. Vorrebbe strapparmi di dosso la pelle umana per infilarsi pesante nella natura. Tenerlo in gabbia è l'aspetto più difficile di una vita a Manhattan. Questi boschi non sono nulla in confronto al monte Bad Bear dove sono cresciuto, ma bastano a ricordarmi cosa mi sto perdendo adesso che ho fatto di New York City casa mia.

No, gli dico. Non posso liberarlo qui. Se lo sogna di scatenarsi fra i pini come facevo lassù coi miei fratelli. Niente corse selvagge. Niente, dopo ciò che ha combinato. Di lui non ci si può fidare.

Controllo il colletto e mi sistemo i polsini. Ho indossato il mio miglior blazer per il tempo libero, disegnato per trasmettere un'aria casual pur essendo di pura sartoria. I mocassini sono stati fatti a mano in un paesino fuori Milano. Mi sono tirato a lucido dalla testa ai piedi per mescolarmi agli umani con cui creerò conoscenze per tutto il tempo: l'un per cento dell'un per cento.

L'unica insubordinazione che mi concedo sono i folti capelli biondi. Me li faccio tagliare ogni settimana, ma giuro che l'orso me li fa crescere più velocemente per dispetto! Me li scompiglia il vento mentre mi allontano a grandi passi dall'elicottero.

"Da questa parte, signore." Un fattorino dalla divisa blu marino mi prende la valigia e mi guida verso un villone che farebbe diventare verde d'invidia il grande Gatsby. Mi preparo: mi aspetto odori di vecchio, tipo legno oliato e antico crine di cavallo... ma gli interni sono moderni.

Il proprietario se ne sta nel foyer a salutare tutti gli ospiti. "Darius, benvenuto!"

"Salve, Thompson." Gli stringo la mano, attento a non metterci troppa pressione. La stretta salda di un orso mutante sbriciola le ossa umane.

"Diamoci del tu, suvvia," fa con vocina stridula. È vestito casual... con roba che costa più di una macchina nuova.

"Grazie dell'invito."

"Figurati, ragazza mio." Ci siamo già visti qualche volta, ma è uno cui piace fare il mentore. Prende con teatralità i giovani sotto la sua ala, si prende il merito dei loro successi e poi li scarica appena vanno in rovina. "Sono sicuro che troverai il fine settimana istruttivo." Non mi permette d'infilarci neanche una parola, quindi opto per un mormorio d'apprezzamento mentre prosegue. "Lockepoint ha molte piscine e svariati campi di tennis. E uno da golf. Spero che domani riusciremo a fare qualche partita. Dicono che potrebbe piovere." E si acciglia, come il meteo fosse un dipendente da sgridare. Ah, la ricchezza può proteggere da qualsiasi inconveniente... ma la natura è la natura.

"Mi rallegra già essere uscito dalla città."

"Sì, sono contentissimo che tu sia riuscito a venire nella mia umile casetta." L'*umile casetta* cui allude conta quasi trenta camere. Parliamo di più di trentamila metri quadri – senza contare le dépendance per gli ospiti e le piscine. "Nester ti accompagnerà nella tua sanza, ma non chiuderti dentro, mi raccomando: fino alle diciotto qui serviamo i cocktail, e poi ci accomoderemo per la cena."

Arrivano altri ospiti, perciò lo ringrazio e mi levo di torno seguendo Nester su per due rampe di scale e giù per un lungo corridoio con le finestre che danno sull'oceano.

Fammi uscire.

L'orso ancora strepita per scappare nei boschi.

Lo placo aprendo le finestre per dissipare il puzzo di miliardario. Le spalanco tutte per inspirare l'aria di mare. La brezza mi arruffa i capelli. Giuro che da quando mi sono messo qua davanti mi sono cresciuti di un altro centimetro.

Mi vibra il telefono; guardo lo schermo. È il mio gemello Teddy. "Ma va' a cagare," brontolo, e lo passo alla segreteria. Saremo anche identici, ma siamo diversi come due fratelli qualsiasi. Lui è entrato nell'esercito a diciotto anno, nell'unità degli operativi speciali mutanti, e accoglie a braccia aperte la sua natura animale. Io l'ho invece soffocata per trasferirmi a New York.

Qualcuno doveva pur guadagnare per sostenere i parenti a Bad Bear, no?

Vibra ancora. Stavolta è Lana, la sua compagna umana. Aggrotto la fronte. Forse c'è qualcosa che non va. Quando rispondo però è Teddy a parlare.

"Brutto stronzo... rispondi a lei ma non a me?!" Bel saluto...

"Teddy," lo rimprovera Lana, nelle vicinanze. È un sole fra le sue lagne. "Forse lavora..."

"*Sì*, in effetti." Lo manderei allegramente a quel paese, ma c'è anche Lana. Lei mi piace. Mi sta simpatica. "Che vuoi?"

"Ci stavamo chiedendo se per il Ringraziamento vieni quassù."

"Aah, *Medvežonok*." È il nomignolo con cui lo chiamo. Lo odia quasi quanto il suo nome completo: Theodore. "Ti manco?"

"Neanche un po', testa di cazzo. È per Lana. Sta organizzando una bella cena di famiglia. Devi tornare a casa."

"La montagna non è casa mia. New York è casa." L'ultima volta che sono andato lassù giurai di non tornarci più.

Stimola le voglie dell'orso, e non posso concedermi tutti quei pericoli.

Sbuffa. "Torna a casa."

Mi acciglio. L'animale mi si rigira dentro, si dimena per liberarsi. Lo rispingo a cuccia. "Non credo ce la farò..."

"Dammi il telefono," ordina Lana. Lui brontola qualcosa, ma lei lo comanda a bacchetta... perciò eccone la dolce voce. "Ok, brutto tentativo. Riproviamo. Ciao, Darius!"

Le labbra mi si sollevano di scatto davanti all'allegria infinita di mia cognata. Non sono attratto da lei, ma mentirei se non ammettessi di essere gelosissimo che questo idiota abbia trovato la compagna.

Anche mi trasferissi fra orsi o il fato m'appioppasse un'umana... non potrei comunque mai accoppiarmi. Ho un animale troppo instabile. Distrugge tutto ciò che tocca. Non posso lasciarlo uscire.

"Ciao, Lana."

"Senti, ti spiacerebbe tornare a casa per il Ringraziamento? Ti prego, ti prego, ti prego... sarebbe davvero importante per me."

"Perché?" Che carognata. Lana non merita che stronzeggi – soprattutto visto che alla fine sono state le ricchezze della sua azienda a salvare la montagna prima che portassi ai fatidici nove zeri la *Mountain Top* e la sussidiaria *Medvedev Investments*.

"Dobbiamo dirti una novità." La voce le si è addolcita.

Chissà perché, ma è come un pugno allo stomaco.

Teddy sta per avere un cucciolo.

Mi si accende dentro un'intera spirale di solitudine. La voglia di farmi una famiglia e tornare in montagna rivaleggia con quella di avere successo qui.

Solo che non c'è più bisogno che guadagni miliardi. Né di sparire, come quando Teddy si è accoppiato con Lana.

Stavo facendo di tutto per salvare la montagna, anche cercare di costruirci qualcosa perché non cadesse nelle mani dell'ennesimo fondo tagliagole. Teddy mi vede come un malefico speculatore qualunque, ma io avrei usato il mio potere per il bene, cavolo!

Sono stati però i soldi di Lana a tenere alla larga i forestieri. E senza cantieri.

Sono inutile per la famiglia da cui mi sono isolato e per salvare la quale mi sono tanto sbattuto.

"Fantastico," mi scopro a dire con tono vuoto. "Congratulazioni." Vorrei proprio agganciare adesso. "Ok, cercherò di venire, Lana."

"Non cercare e basta." Mi mostra un accenno dell'acciaio che la rende a sua volta un'abile donna d'affari. "Vieni e basta, Darius."

"Ok." So riconoscere una trattativa persa. "Devo andare. Ma vi farò sapere."

"Vieni," ripete. Chiudo la telefonata con un sospiro.

Mi guardo allo specchio e brontolo ai capelli, che mentre ci parlavo hanno preso *un altro* centimetro. L'orso protesta perché mi rifiuto di tornare a casa.

Devo scendere di sotto. Sono venuto per conoscere la gente giusta – menate da cocktail e cenette.

Vado alla reception, dove un cameriere mi prende l'ordine; mi porto il whiskey con ghiaccio al caminetto.

C'è un immenso dipinto a olio di Thom, sulla cornice. È in una posa impressionante, con una ragazza seduta accanto. Il mio sguardo è immediatamente attirato dal perfetto ovale del viso. Capelli e occhi scuri, labbra carnose. La pelle è di qualche gradazione più bruna di quella cerea di Thom.

Forse è solo la voglia di trovare una compagna come Lana, ma mi attira. È la femmina più stupenda che abbia mai visto. Il ritrattista doveva essersene un po' innamorato. È troppo bella per essere vera.

Ho fatto qualche ricerca sull'ospite prima di venire, e non ho trovato prove che facciano pensare sia mai stato sposato. Staranno insieme... ma è abbastanza giovane da essere sua figlia. Non sembra neanche aver raggiunto l'età per aver finito l'università – comunque ho conosciuto un sacco di maschi che preferiscono mogli trofeo non ancora arrivate ai trenta.

No – l'orso mi rende noto tutto il suo dispiacere. Lo ignoro. È sempre più infelice. Per lui è difficile vivere in città, a contatto con tanta gente. Lavoro più di cento ore a settimana. Gli mancano i miei fratelli e la montagna. Vuole la libertà.

Ma non oso liberarlo. Ogni volta che lo faccio è un disastro.

Il salone dei grandi ricevimenti si riempie. Ci sono qualche signore che somiglia a Thom e un gruppo di ragazzetti da confraternita tutti menti sfuggenti, forte colonia e orologi costosi comprati coi soldi di papà. C'è tanfo di supponenza.

Sono questi quelli con cui dovrei socializzare. Per i più qualche giorno nella villa di un ultraricco sarebbe un sogno... ma per me no. Non c'è nulla di rilassante nel salutare ipocritamente umani ventiquattr'ore su ventiquattro per convincerli a investire nell'azienda.

Ma non ho costruito la *Mountain Top Investments* dal nulla senza qualche sacrificio. Thom Thompson possiede il fondo speculativo più di successo del mondo. E io sono venuto a scoprire i suoi segreti e a vedere se era serio quando mi ha proposto una collaborazione.

Mi scolo il whiskey, mi preparo a buttarmi nella mischia. Prima però coglie la mia attenzione l'odore di fiori di serra. Proviene dal corridoio qui vicino. Mi ci avvicino – mi blocco quando vedo una scendere lo scalone. È una nanetta tutta curve dalle labbra morbide e i capelli lucenti.

La ragazza del dipinto. Sbagliavo. L'artista non ne ha esagerato l'equilibrio perfetto dei lineamenti. Dal vero è cinquanta volte più splendida. L'orso mi sale sottopelle.

Scende lentamente, scrutando la stanza. Porta un modesto abito bianco che le fa splendere la pelle dorata. A metà scala si accorge che la fisso, e stringe gli adorabili occhi nocciola in un'occhiataccia. Il suo odore sboccia per me: orchidee e gardenie con un sottotono amaro.

Mi rimbomba in petto l'orso, che cerca di dar voce ai suoi pensieri. È folgorato quanto me, ma anche poco contento della punta di medicinale che trasuda il profumo. Arretro con un grugnito per coprire il ringhio dell'animale e mi massaggio lo sterno per calmarlo. Per un millesimo di secondo prende il controllo. Quasi mi tramuto spontaneamente, come facevo da bambino – ero troppo piccolo e completamente fuori controllo. Lo rispingo giù con una forza di volontà fin feroce.

Maledizione.

La momentanea perdita di controllo dev'essere dovuta alla combinazione fra i boschi che mi circondano e la prima femmina che mi attragga da un sacco di tempo. Nel fine settimana dovrò stare attento. Non posso ritrovarmi a combattere con l'orso ogni volta che mi viene duro per una femmina carina, dai!

La bella arriva all'ultimo gradino e due bestioni vestiti di nero e con gli auricolari avanzano per fiancheggiarla. Lei alza il mento con fare altezzoso e si avvia nella direzione da loro indicata. Seguono il terzetto altri due.

Si comporta come una viziata donnina dell'alta società, ma quest'assedio ha qualcosa che turba l'orso.

No.

Non gli piace le stiano addosso. E non era mai stato tanto deciso. Mi si ribella di nuovo, e solo anni di sottomissione mi permettono di fermarlo.

Che cazzo ha?

Esco a grandi passi dal portone, sempre tenendo sott'occhio la ragazza – così lo calmo. Adesso è accanto a Thompson, muta e tutta broncetti. Forse hanno bisticciato. Il ricco paparino non le ha dato la Mercedes che chiedeva, magari.

Quando tutti si spostano di là per la cena, la circondano di nuovo. Uno le scosta la sedia, come fosse al contempo guardia del corpo e maggiordomo; lei sprofonda a capotavola.

Qualcosa mi spinge a scivolare al posto vicino a lei – che mi rifila un'altra occhiataccia fredda. L'odore non va – sa di medicina. Sta male? Da qui noto le occhiaie. Non bastano a diminuirne la bellezza, certo, ma potrebbero essere sintomo di mancanza di sonno. Forse mal di testa. Ed ecco spiegato il caratteraccio.

Thompson si alza dall'altro capo e si schiarisce la voce. "Grazie di essere venuti." Si mette a camminare attorno alla tavolata, come un maestro che impartisce la lezione. "Sarà un fine settimana da ricordare."

D'accordo, mormorano tutti.

Si ferma dietro alla sedia della giovane. "Ed è un vero piacere presentarvi mia figlia Paloma." Le mette la mano sulla spalla.

Figlia. Le ricerche che ho fatto non parlavano mica di figli. Dev'essersi fatto in quattro per non far trapelare la cosa.

Scruto Paloma in volto a caccia di somiglianze, ma non ne trovo. La madre doveva essere una rara bellezza dai geni dominanti.

"Si sta dando un bel da fare come operatrice finanziaria della *Thompson Capital*, ma l'ho convinta a prendersi un po' di ferie," prosegue poi. "In azienda sta facendo cose incredibili, e sono molto fiero di lei." Si leva un'infarinatura d'applauso.

Paloma non sembra commossa dagli elogi. Anzi.

Thompson le prende la mano e gliela bacia. Lei non cambia mai espressione. Fissa dritto davanti a sé, come in silenziosa protesta.

Se anche Thompson se ne accorge, comunque pare non interessarsene. "Per la fine del weekend potrei dover dare l'annuncio di una fusione di natura... più personale."

Altri appalusi – stavolta più convinti e con una certa bramosia. Qualcuno dei più anziani si sporge a sussurrare all'orecchio dei giovani. "...asta...domani sera..." sento dire da uno. L'udito mutante è abbastanza acuto da cogliere le parole... che però non hanno senso.

Cosa intende con 'fusione di natura più personale'? Qui c'è sotto qualcosa.

Thompson propone un brindisi alla figlia. Alziamo tutti i bicchieri. Paloma non si muove per prendere il suo, e una guardia si curva per pungolarle il braccio.

Allora mi accorgo dei segnacci viola che le rovinano la pelle fra spalla e gomito. Sembra l'abbiano afferrata forte. Alza il calice di vino e la manica del vestito ricade, scoprendo altri ematomi.

L'orso s'impenna sulle zampe posteriori. Quasi mi tramuto spontaneamente... di nuovo. Sta impazzendo, vuole esplodere. Accidenti, dopo tanti anni a New York credevo d'aver imparato a sopprimerne la mia parte selvatica! Batto le ciglia verso il piatto nella speranza di nascondere il luccicore degli occhi. Le zanne si affilano e digrigno i denti, costringendo l'orso alla ritirata. *A cuccia*, gli dico.

Mi costringo a concentrarmi sulla cena, ma è dura non guardare Paloma. Mi ci azzardo alla terza portata. Se ne sta qui con questo sguardo severo sul bel viso. Non avessi visto i lividi, la prenderei per una snob.

Adesso però so che sono abusi.

La guardia capo si china di nuovo. "Mangia," le ordina. Lei scuote appena appena la testa, ma lui si sporge per tagliarle la bistecca, neanche fosse una bambina. Le infilza un boccone con la forchetta e glielo porta davanti alle labbra.

Ha uno spasmo a un muscolo della mascella. "No," borbotta. "Non ho fame."

"*Piantala.*" C'è dell'orso nel ringhio. Lo sbotto attira l'attenzione della tavolata.

Paloma fa guizzare lo sguardo a me.

Thom e i suoi conversatori ammutoliscono. Quasi mi alzo senza nemmeno rendermene conto. Mi giro verso il tipo. "La signora ha detto di no."

Paloma incrocia il mio sguardo e fra noi corre una scossa elettrica. "*Infatti.*" Sembra stupita che l'abbia sentita e le abbia dato retta. Che merdata. Thom dev'essere proprio un bel maniaco del controllo...

"Si sta facendo tardi. Sarai stanca," fa alla figlia. Non aspetta risposta. "Portala in camera sua." Sventola la mano in direzione degli omaccioni. Lo stesso stronzo che voleva imboccarla la tira su dalla sedia e le prende il braccio molle per portarla via. Uscendo dalla sala da pranzo, lei si gira verso di me.

Vuole che intervenga? L'animale ruggisce. Pare pronto a uccidere, per lei. Di certo non una reazione normale per un orso ingabbiato dall'adolescenza.

Lo buttò giù con la forza contraendo i muscoli per impedirmi di alzarmi e seguirla.

I campanacci d'allarme strimpellano. Nessun altro sembra averlo trovato strano, ma io sono rimasto sconvolto dello scambio fra l'infelice figlia e le prepotenti guardie del corpo.

C'è del marcio in questa villa... e io ho intenzione di scoprirlo tutto.

Capitolo due

Paloma
Mi aspetto di rimanermene rinchiusa in camera tutto il giorno visto che nella villa ci sono tanti ospiti, ma la serratura di sicurezza si apre alle sei – come ogni mattino a quest'ora. Presumo d'esser libera di seguire la solita routine del sabato.

Thom penserà di avermi instillato abbastanza paura da tenermi in riga.

E avrebbe le sue ragioni.

Dopo la sventata fuga dell'altro ieri, di punto in bianco mi ha detto che non mi fossi data una calmata e non avessi fatto tutto quello che mi diceva, Wren sarebbe incappata in un terribile incidente. *Come mamma e papà.*

Fino ad allora non ero sicura che fosse lui il responsabile della loro morte. Che non fosse stato un casuale incidente stradale. Adesso lo so per certo: orchestrò il tutto per avermi sotto il suo tetto.

Orribile quanto sospettassi.

I primi anni sotto la sua tutela non furono neanche tanto male. Io e Wren soffrivamo, certo, ma lui ci sommergeva d'ogni lusso possibile – inclusa la terapia per aiutarci a superare la cosa.

Terapia volta, adesso me ne rendo conto, a farci il lavaggio del cervello per trasformarci in due dei suoi piccoli robot.

Mi ribellai quando mi ritirò dalla scuola perché lavorassi di continuo. Fu allora che mandò Wren via, in un collegio cattolico dove non è consentito avere telefoni o internet senza supervisione. Thom trasformò i contatti con lei in premi. Se mi comportavo male mi revocava il privilegio della videochiamata settimanale. Se volevo che tornasse a casa per Natale, era il caso che lo facessi guadagnar bene.

Quel che non sa è che Wren ha un talento speciale per le comunicazioni psichiche. Quando la notte mi addormento, a volte mi compare in sogno per controllare come me la cavo, farmi ridere con una battuta, fare la scema diciassettenne. Impazzirei senza questi momenti.

Devo stare attenta che non lo scopra mai però, altrimenti quello s'inventa un modo subdolo per usare anche il suo dono!

M'infilo i pantaloni cachi alla cavallerizza e un top rosso aderente, metto stivali e berretto e vado da Starlight, alle stalle. Cavalcarla è l'unico piacere che ho qui – insieme alle videochiamate domenicali con Wren.

La giumenta si lamenta dolcemente quando apro la porta.

"Ciao, tesoro. Mi sei mancata ieri." Mi giro verso le due guardie, che mi tampinano. "Non mi hanno permesso di venire a trovarti." Le accarezzo il muso e mi sporgo in avanti. "*Pendejos*," le mormoro all'orecchio di seta.

Ancora dico le parolacce così – malgrado a Thom lo spagnolo faccia schifo – perché mi ricordano papà – quello *vero* – che lo parlava solo per imprecare. Sono sicura che voleva proteggere i nostri delicati timpani... e invece ci ha insegnato il peggio della sua lingua!

Mi compare alle spalle Cas, lo stalliere olandese, con la sella. "Gliela preparo, signorina Paloma," mormora evitando il mio sguardo.

Cas mi piace, ma siamo sinceri: non è mio amico. Chiunque lavori alla villa sa che sono prigioniera. E nessuno ha mai alzato un dito per aiutarmi.

Vabbè, probabilmente Thom minaccia tutti. Saprà che tasto premere per assicurarsi collaborazione continua.

Lo faceva anche con la mamma quando lavorava per lui? La costringeva a far cose che non voleva fare? La uccise perché gli impediva di sfruttarmi?

Mi allaccio il casco.

"Tutto pronto, signorina Paloma. Gliela porto fuori."

"Grazie, Cas." Li seguo all'esterno, poi salgo sulla scaletta per montarle in groppa.

Prendo le redini. All'inizio Thom ci concedeva tutte le attività parascolastiche dei ricchi: arco, scherma, vela e ovviamente equitazione. Veniva a insegnarci un britannico. Imparai il *dressage*, e fantasticai persino di gareggiare insieme con Starlight! Ma Thom pensava che mi avrebbe distratta dagli 'studi'.

Che ovviamente vertevano ormai completamente sulla borsa valori. Non venne neanche più l'insegnate privato a casa. Ogni momento di veglia era destinato all'esame di numeri e affari.

Ho sempre avuto la capacità di percepire il futuro successo o fallimento di un'azienda. Quali mercati siano pronti a fiorire e quali stiano morendo. Facile.

Fu la mamma la prima a rendersene conto. Lo definiva un dono. Non è vissuta abbastanza da vederlo diventare la maledizione che mi ha trasformato la vita in incubo.

Con gli anni ho fatto guadagnare a Thom miliardi. Ma non bastano. Non bastano mai. Thom mi possiede. Se riesce a fare a modo suo, mi controllerà per il resto della vita... e adesso ha intenzione di farmi lavorare pure per i suoi amici!

E non c'è modo di evitarlo.

Al trotto, porto Starlight al familiare sentiero per la spiaggia. Una volta lì, sul selvaggio mare mosso, allento le redini e la spingo al piccolo galoppo, poi al galoppo vero e proprio. Si alza in volo la spuma, che mi schizza sul completo impeccabile. In gara col vento, Starlight tuona sulla sabbia. I capelli mi sventolano dietro la schiena come una bandiera.

Non è libertà, ma è la cosa più vicina cui possa aspirare. E ne assaporo ogni secondo.

Sono a metà del lungo tratto quando Starlight si ritrae con un sussulto. Rallento per calmarla. È nervosa, saltella, ma non so perché. Siamo lontane dai posti di guardia che segnalano i confini del terreno di Thom, ed è abituata ai pattugliamenti armati – così non scappo – sulle dune.

Poi vedo che c'è uno che nuota. È troppo freddo per immergersi nell'oceano – come ho scoperto fin troppo bene l'altro ieri. Solo un idiota si tufferebbe allegramente senza muta... eppure eccolo qui: petto grosso e nudo, si scuote via i capelli biondo scuro dalla faccia uscendo a grandi passi dall'acqua. Gli gocciola giù per i muscoli epici di spalle e costato. Mi vengono immediatamente in mente le centinaia di romanzi rosa storici che mi ha passato Ellie negli anni. Potrebbe tranquillamente farci una copertina.

Sembra un vichingo che marci sulla sabbia per uccidere e saccheggiare. E punta dritto verso di me.

Lo riconosco subito – è quello che mi sedeva accanto ieri a cena. Ha detto lui a quello stronzo di Chip di piantarla di tentare d'imboccarmi a forza. Sono stata attratta da lui all'istante, malgrado partecipasse alla cena – dev'essere venuto per fare un'offerta per me.

Il vento mi sferza il viso e ho le dita gelate, ma per il resto sono in surriscaldamento. Cerco di scollargli gi occhi dal petto scintillante, ma non ci riesco.

È... una meraviglia. La luce gli luccica sugli incredibili pettorali, sui rivoli d'acqua che scorrono giù, verso la stretta V della vita.

Vederlo mi appicca un incendio nel basso ventre – incendio che si fa fiamme dirompenti. Mi sa che ho passato troppo tempo con miti ragazzetti d'alto lignaggio, perché non avevo mai visto un uomo del genere. Forse sta tutta qui la differenza: quelli sono ragazzini mentre questo è un uomo – selvaggio e dagli occhi simili a un mare in tempesta.

"Buongiorno." Alza la mano per salutarmi e si avvia verso il bagnasciuga. Parla in un profondo rombo... che non fa che aumentarmi i brividi d'eccitazione alla pancia! Serro le cosce su Starlight.

Lui non le piace mica. Rincula in un balletto tutto scossoni di muso. Solo grazie ad anni d'esperienza non cado di sella. E non aiuta l'improvvisa debolezza alle gambe...

"È buono, dici?" urlo mentre la cavalla ruota in cerchio.

Il vichingo si blocca a esaminarmi immerso fino alla vita, sfregandosi la barbetta dorata. Sembra abbia i capelli più lunghi di ieri sera. Malgrado la decisa virilità brutale di mascella e sopracciglia cespugliose, ha labbra piene e perfette. Come sarà baciare un barbuto?

Ma perché gli guardo le labbra? E come mai mi chiedo come sarebbe se vincesse lui l'asta?! Be', comunque me lo domando. Ovviamente il fidanzamento sarà finto. Thom mi presta come 'regalo'. Non mi farebbe da vero compagno. Non si aspetterebbe di certo un rispetto dei diritti coniugali.

O sì?

E se mi portasse di peso alla spiaggia per stuprarmi sulla sabbia? Mi libererei per scappare, come ieri notte. Solo che lui non sguinzaglierebbe le guardie: m'inseguirebbe di persona. E una volta presami...

Oh, accidentaccio. Ho letto troppo romanzi rosa su vichinghi, reggenze e Highlands consigliatimi da Ellie...

Cerco di scacciare l'eccitazione frizzantina che mi dà il pensiero. Devo essere completamente suonata se m'immagino possa andarmi bene il progettino di Thom di farmi fare da schiavetta a un finto fidanzato! Questo qui non è mica un vichingo tutto sesso che mi porterà in terra straniera: vuole comprarmi e usarmi come fa Thom per far soldi.

Con un colpo di tacco sul fianco di Starlight, le consento di far strada – così ci porta via. Nella cavalcata però mi sento i suoi occhi sulla schiena... ed è un'impresa non voltarsi.

* * *

Darius

Osservo Paloma galoppare via come inseguita dai segugi infernali. Per un attimo abbiamo incrociato lo sguardo, e ho sentito passare fra noi lo sfrigolio di un fulmine. Quasi mi sono tramutato.

Mi sa che l'orso s'è innamorato.

Un secondo dopo però è sparita.

Il sangue pompa, e non solo per la veloce nuotatina. Veder Paloma mi manda su di giri il cuore. Quell'adorabile visino, il broncetto a bocciolo di rosa... ce l'ho già duro e pronto, nonostante per il resto sia intorpidito dal freddo.

Lei. Subito, fa l'animale. Vuole seguirla. La cavalla si stava facendo prendere dal panico allo strano odore dell'orso; andar da lei potrebbe spaventarla a morte e farla cadere. Voglio avvicinarmi e conoscerla quand'è tranquilla, lontana dalle guardie: quando si sentirà abbastanza al sicuro da dirmi come si è fatta quei brutti ematomi sulle braccia.

Ieri sera ho passato ore interminabili a soffocare nel fumo dei sigari e nelle insipide chiacchiere degli ospiti. Ho scoperto che è figlia di una coppia di operatori di borsa dell'azienda di Thom. Morirono d'incidente stradale quando aveva quattordici anni, e Thom ne diventò il tutore. È orfana come me. Ma se fra lei e l'uomo che se ne autoproclama il padre c'è mai stato dell'affetto... ormai è svanito.

Ho cercato d'indagare ulteriormente per capire che fusioni stia progettando Thom – e di che asta si sussurri tanto – ma nessuno ha detto niente.

Non ho ficcato il naso quanto avrei voluto. Oggi userò l'olfatto e l'udito da mutante per fare il detective... a cominciare dalla tragica ed enigmatica bellezza circondata da guardie.

Dopo essermi vestito, lascio camera mia per una passeggiata per i corridoi, neanche fossi a casa mia. Così si comportano i ricchi. Si fanno strada a forza ovunque vogliano andare, forti dell'assoluta convinzione di avere il diritto di stare in qualunque posto di loro scelta. È come nel mondo animale e nello sfoggio di dominanza – solo che qui non si sa mai cosa ci sia al posto di denti e artigli.

Il naso mi dice che gli alloggi di Thom stanno nell'ala occidentale. Punto per di là e faccio capolino per stanze a caso, metto mano alle maniglie. Cerco un ufficio.

Mi ostacola un portone pesante, per quest'ala. È chiuso, e accanto c'è un tastierino nero. Thom s'è premunito di aggiungere sicurezza – buon segno: significa che sono nel posto giusto.

Apro una finestra. Sono al primo piano, quindi mi ci vuole solo un attimo per saltare dal davanzale a un piccolo balcone. Impossibile per un essere umano, una sciocchezza per un orso mutante che ha passato l'infanzia arrampicandosi su per gli alberi. Di sotto non c'è nessuno, però mi accovaccio lo stesso; uso gli artigli acuminati per intagliare il vetro. Non suonano allarmi: infilo la mano nel buco e apro la portafinestra.

Ed eccomi sgusciare oltre, nell'ala in cui Thom tiene i suoi uffici privati. Con un po' di fortuna scoprirò qualche segretuccio…

Scivolo fuori dalla prima stanza e imbocco l'ampio corridoio. Qua devo prestare più attenzione. Colgo tanfo di guardie – sigarette stantie e debole odore di polvere da sparo – e una zaffata della colonia del padrone di casa.

Faccio centro dieci porte più giù. Qualcuno mormora dietro un uscio chiuso – e sembra proprio il nostro Thom.

Appoggio una spalla contro una parete, mezzo nascosto dal piedistallo di marmo che regge la statua di un toro imbizzarrito.

È sicuramente lui: parla con la sua vocetta esile. "Un goccetto?" Si sente un tintinnio di bicchieri.

Poi un altro dice: "Potremmo evitare tutta questa roba e chiudere subito l'affare?"

"Chi sposerebbe?" domanda Thom. "Te?" Sbuffa. "Volevo evitarli, i sospetti, non suscitarli."

"Non me: mio figlio. Reciterà Chad la parte del fidanzatino. Tu prendi i soldi e io mi piglio lei per tre anni…"

Mi piglio lei? Ma di che transazione perversa stanno parlando?!

"Uno. Solo un anno. Basta e avanza per guadagnare."

Ah. Allora non si parla di sesso, ma di altro.

Fammi uscire! Il petto mi tuona – l'orso si scatena per liberarsi: è disgustato. Parlano di vendere Paloma per un breve matrimonio in modo che possa… far che? Arricchirli?

"Ottimo. Un anno e poi Chad annullerà il fidanzamento. E tu sarai libero di rivenderla."

Thom mormora qualcosa che non capisco, perché dall'altra parte qualcuno si struscia contro il muro.

Aspetto.

"No," abbaia. "Ho promesso di non accettare offerte preventive. Tu e Chad potrete partecipare all'asta di stasera. A mezzanotte." L'altro protesta, ma gli parla sopra. "Sono più che generoso." Passi verso la porta. "E adesso andiamo. Farò tardi alla partita."

Il pomello raschia e salto via; svolto in un corridorino a caso prima che Thom e il cospiratore escano dall'ufficio. Colgo il fumo del sigaro e odore di whiskey raro.

Resto in ascolto nella speranza che prendano la direzione opposta. Invece i passi s'avvicinano. Alle mie spalle il corridoio porta a una piccola rampa di scale, che scendo di corsa per nascondermi. I due la superano sempre parlando di golf. Se ne vanno senza nemmeno vedermi.

Me ne resto qua a gironzolare sentendone i passi allontanarsi... quando mi arriva una zaffata floreale. Il profumo di gardenia di Paloma sale su per i gradini, e non riesco a fare a meno di seguirlo fin dove mi conduce: al sotterraneo. È fitto e dolce, ma con la stessa punta amara che mi ha allarmato stamattina e ieri sera. Più scendo più l'amaro sovrasta la dolcezza. Finché non mi riveste la lingua di un sapore metallico.

Le scale portano a un altro corridoio. Dietro alle pareti suona un ronzio e l'aria è più fredda. Sembra di stare fra server e computer.

Il profumo mi conduce a una porta aperta. La stanza è piena di grossi schermi. L'odore è concentrato su una piccola scrivania e una sedia.

Qui ci passa molto tempo, e penso di sapere perché.

Scommetto che se premessi l'interruttore a parete gli schermi mi sparerebbero i familiari numeri delle borse di tutto il mondo. Thom ha detto che lavora per la sua società d'investimenti. E mi sa che lo fa qui.

Ecco come fa a renderlo sempre più ricco... e come arricchirà anche chi la comprerà.

Ma perché? Avrà centinaia di uomini a disposizione! A che gli serve la figlia affidataria? Cosa fa di così speciale? Qualcosa d'illegale?

Be', comunque mi viene da vomitare.

Sono sicuro che la tiene prigioniera.

Per questo la serratura è all'esterno della porta... dall'odore capisco dove si posizionano le guardie.

Che cerchi di fuggire? O ribellarsi? Forse così si è fatta gli ematomi.

L'orso è pronto a fare a pezzi l'intera stanza! Mi ci vuole una bella fatica per non tramutarmi.

Esco invece, e chiudo la porta. Perdere il controllo non mi servirà a niente. Devo scoprire altro per decidere se aiutare Paloma... e come.

* * *

Paloma

Ellie finisce di arricciarmi i capelli e arretra per esaminare l'opera. "Bellissima. Come sempre."

Ellie è la mia... oh, come definirla? Rimanendo nel gergo fiabesco, sarebbe la mia serva, la cameriera. Immagino sia una combinazione fra un secondino e un'assistente personale. Mi porta il vassoio col pranzo quando Thom e Chip mi chiudono a chiave. Mi mette in ordine i vestiti, mi spunta i capelli e si assicura abbia sempre uno spazzolino nuovo. Ieri sera mi ha truccata e pettinata, e per il ballo in maschera di oggi si farà in quattro: Thom ha invitato altri settanta-cinque ospiti per la *fête* – è l'ennesima occasione per tirar-sela, sospetto.

Porto uno scamiciato bianco di seta e chiffon. Mi sa che dovrei evocare al contempo 'dolce innocentina' e 'spietata operatrice di borsa'.

Il bustino a corsetto è a forma di cuore nella cornice sui seni, e sul davanti s'unisce ai pantaloni larghi. Lo copre un tessuto velato che dà un'impressione eterea. Una stola deli-cata mi drappeggia le braccia – per coprire i lividi. Ellie mi spalma su tutta la pelle rimasta nuda una lozione allo zenzero che me la fa scintillare.

Mi osservo allo specchio, ma riconosco appena la giovane che mi restituisce lo sguardo. Ormai saranno dieci anni che sono rinchiusa nella torre. Quasi tutti trascorsi sentendomi ancora la quindicenne che ci mise piede per la prima volta – quella che preferiva rintanarsi in camera sua e nascondersi, invece che interagire col mondo.

Carajo. Gli ho proprio semplificato la vita.

"Andrà tutto bene," mormora Ellie. Ma quasi sicura-mente andrà tutto male.

Cerco di deglutire e annuisco. "Certo."

Qualsiasi cosa mi aspetti domani, trovo impossibile credere che sarà migliore di ciò che già vivo. Non sostituirò solo una cella con un'altra: mi farà *sposare*.

Almeno Thom non è mai stato interessato a me sessual-mente. Io lavoro per lui e lui tiene Wren al sicuro, fuori da questo casino. Questo è l'accordo.

Guardo la sua foto infilata nel bordo dello specchio. Ne tengo ovunque, per ricordarmi perché perseverare. Al momento è in salvo, nel convitto cattolico del Connecticut – dove non sono ammessi telefoni né internet se non sotto stretta supervisione. È come una versione moderna di un convento medievale. Posso farle una videochiamata la domenica... se ho fatto guadagnare a Thom quanto vuole: altrimenti le viene detto che devo lavorare fino a tardi e mi rinchiudono in camera per tutto il fine settimana.

Venerdì il mercato è crollato, ma sono riuscita ad arrivare alle quote previste. Dovrebbe permettermi di chiamarla domani... a meno che non arrivi prima il maritino.

Che fino a stamattina non era che un sosia senza faccia di Thom.

Adesso però mi ritrovo a immaginare il vichingo della spiaggia.

Uno che probabilmente saprebbe rompermi l'osso del collo con una sola strizzatina di quelle zampone che ha al posto delle mani. E se mi vendesse a lui? E se lui volesse... *più* di qualche operazione finanziaria?

Mi scivola giù per le cosce un bel calore. E se fosse brutale?

Cominciano a tremarmi le gambe. Di paura, non d'eccitazione. Macché eccitazione.

"Un altro po' di lucido qui." Prende un tubetto e me ne dà una passata sulle labbra – anche se mi sembravano già piuttosto umide. Esamina ancora una volta l'opera. "Perfetta."

Non le ho mai chiesto aiuto. Ci provai una volta, anni fa, e si fece prendere dal panico. Rigata in viso dalle lacrime, m'implorò di non parlarne più.

"Non posso..." mi sussurrò.

Pensai che Thom tenesse in pugno anche lei. Che avesse qualcosa su cui far leva per tenerla in riga – così come ci teneva me. Quindi la risparmio – malgrado sia la mia unica 'amica' qui, adesso che Wren non c'è – e non le chiedo niente.

Lancio un'occhiata all'orologio. "Ho ancora quindici

minuti. Mi metto a leggere." Salgo sul letto a baldacchino senza curarmi minimamente di spiegazzare la *mise* da verginella della borsa.

Apre bocca per ribattere, ma ho già preso il romanzo di Joanna Bourne, *The Spymaster's Lady*, che sto leggendo per la settima volta. La richiude. "Certo. A dopo." Scivola fuori.

Di solito nel fine settimana sto più che posso all'aperto, dato che i giorni feriali me li passo a lavorare in una segreta illuminata solo dalle luci azzurre dei monitor. Oggi però non mi va di starmene incollata agli spasimanti – probabilmente non il termine adatto, malgrado viva in un incubo da fiaba. Aspiranti padroni, forse? Carcerieri?

Vabbè; dopo la cavalcata di stamattina mi sono volontariamente rinchiusa nei miei alloggi a leggere. L'evasione è il massimo cui posso aspirare.

L'evasione e...

Non spero che vinca il vichingo. Non voglio *assolutamente* un uomo del genere io!

Ok, forse sì invece. Somiglia meno di tutti al mio padre adottivo – nell'aspetto almeno. Stamattina ha immerso quel corpo gigantesco e muscoloso nel freddo oceano *per piacere*. E ieri sera mi ha difesa.

Ma resta comunque un orribile essere umano incline alla schiavitù e al traffico di esseri umani. Certo, forse non sa quanto Thom mi controlli. Magari crede che io sia d'accordo. Che ci guadagni.

Bussano piano alla porta, e prima che si apra m'irrigidisco: so chi è.

Sto già scendendo dal letto per alzarmi, quando entra.

"Ah. Tesoro." Spalanca le braccia nella mia direzione. "Sei una meraviglia."

"Non sono il tuo tesoro," dico a denti stretti.

Abbandona ogni pretesa paterna. "Ricorda cosa ci siamo

detti," mi avverte. "Basta tristi imprese." Mi afferra il mento e io arretro di colpo per liberarmi.

"Ho fatto tutto ciò che mi avevi chiesto," sibilo.

Annuisce. "Sì. E farai meglio a continuare così... altrimenti la farò pagare a Wren."

Bollenti lacrime mi trafiggono gli occhi. "Lasciala fuori. Non ti ho mai chiesto altro."

Come contento d'essersi conquistato un pianto, sorride. "E io ho prestato fede alla mia parte dell'accordo. Sei stata tu a cercare di scappare."

Mi brucia il naso. Serro tanto forte i pugni da affondarmi le unghie nei palmi. "Non riaccadrà," dico rigida.

"Bene." Mi fa segno di raggiungerlo. "Adesso la maschera. Mi aspetto che tu faccia una figura migliore di quella che hai fatto ieri sera. Al tuo nuovo fidanzato non presto solo i tuoi servigi."

Partono gli allarmi. La stanza attacca a girare. Ondate fredde mi percuotono gli arti. Non so come, ma so cosa intende. E sarà orribile. "Di che parli?" non riesco a evitare di squittire.

"L'offerente più generoso ti prenderà anche la verginità, tesoro. Ti abbiamo tenuta alla larga dai maschi per troppo tempo," fa legandosi la maschera. "È ora che ti faccia riprodurre per vedere se i miei nipotini avranno il tuo stesso talento."

Mi appoggio al muro per non cadere. Adesso il freddo diventa caldo, come mi versassero ferro fuso in testa e nel petto – sento uno scroscio orrendo nelle orecchie.

Davanti alla mia reazione, Thom storce le labbra in un sorriso. Raccoglie la machera e mi si piazza dietro per mettermela.

Dovrei scappare. Buttarmi dalla finestra e rompermi

l'osso del collo, piuttosto che dargli la soddisfazione di farmi ingravidare!

Non fosse per Wren. Non posso far nulla prima d'aver elaborato un piano per portarla in salvo. Non posso rischiare che la ritiri da scuola per farle le stesse cose orribili...

La seta mi drappeggia gli occhi; me la lega sulla nuca. E star così vicina al diavolo mi fa venire la pelle d'oca.

Capitolo tre

D*arius*

Il ballo in maschera non è solo per gli ospiti. Alla festa di stasera ha invitato una lunga lista di amici e conoscenti. Dal tramonto, si presenta alla villa una fila infinita di Lamborghini, Bugatti e Rolls Royce. Raccolgo l'inconsistente maschera nera che ha consegnato qualche minuto fa un dipendente. Starà bene con lo smoking tutto nero. Sembro James Bond, ma non riesco a scacciare l'apprensione.

Stanotte ho intenzione di scoprire che sta succedendo a Paloma. C'è qualcosa che non torna. Non ne ho le prove, ma me lo sento nelle viscere.

L'orso vuole liberarsi. Dopo anni di vantaggio, ora mi mette in difficoltà. Quando mi guardo allo specchio vedo occhi dorati. Devo combattere per tenerlo sotto controllo, per rimanere con iridi di colore umano. Solo le minacce di rimanermene in camera lo fanno recedere. Vuole vedere Paloma. Gli dessi retta, non la perderei mai di vista.

Ma non sono mica un Neanderthal incivile. Da piccolo

sono stato un selvaggio, quasi ferale. Mi ci sono voluti anni per mettere insieme un certo controllo, e col cavolo che adesso perdo la testa!

Prima mi sono rasato bene, ma quando esco dalla stanza ho la barba. È il modo dell'animale di ribellarsi. Glielo concederò... basta che sappia restare a posto.

Faccio un giretto per la sala da ballo e accetto un bicchiere di champagne. Thom deve aver assunto tutta un'agenzia di modelle, perché ovunque mi giri vedo stangone niente male. Torreggiano sui tipetti da confraternita, tutti con l'aria di essere capitati a un Natale anticipato. Gli altri sono ricconi annoiati degli Hamptons. Veleggio da questi ultimi dispensando cenni di saluto a conoscenti di lavoro. Continuo a muovermi in attesa di sentire profumo di gardenia.

Paloma entra circondata da un nugolo di guardie. Continuano a moltiplicarsi. Fra poco sarà più attorniata del presidente.

Mi avvicino per osservarla meglio. È vestita ancora di bianco, col petto generoso sollevato e tutta stritolata da un corpetto senza spalline. Il colore la fa splendere come una dea. Nemmeno la maschera riesce a nasconderle gli occhioni espressivi – è evidente che è la donna più amabile presente.

Accanto le si forma una coda di tipi da country club. Il gruppo attacca a suonare, e non ho bisogno dell'udito mutante per sapere che le chiedono di ballare. Uno col doppio dei suoi anni la conduce in pista. Danzano, e a metà brano arriva a prenderla un altro. Poi un altro. Dal suo viso non traspare mai sorpresa. Né finge di divertirsi. Non chiacchiera quasi. Come fosse tutto organizzato – con chi ballerà e quando. Come fossimo al suo ballo da debuttante e ormai fosse pronta a posizionarsi sul mercato matrimoniale.

Che a questa fusione alludesse Thompson?

Supero uno dai capelli bianchi che rimprovera il figlio. "Concentrati. Dobbiamo vincere l'asta."

Il giovane protesta e viene battuto dal bastone paterno.

"...stanotte a mezzanotte. Dopodiché potrai fare ciò che ti pare." Lo spintona avanti, e il figlio attraversa riluttante la stanza per andare da Paloma.

"...provare la merce," brontola un altro nella fila.

L'orso quasi si apre la strada. Vorrei frantumare il calice a terra, strapparmi lo smoking di dosso e distruggere chiunque osi toccarla...

...invece recupero un bicchierone gigantesco di merlot e vado a piazzarmi bello tranquillo al centro del salone, dove un trentenne con un orologio da settantamila dollari e una calvizie incipiente cerca d'indirizzare Paloma fra i ballerini. Senza neanche fingere d'inciampare, gli rovescio il vino addosso. Lo scuro liquido lo macchia ben bene davanti e inzuppa il costoso cotone italiano.

"Ops."

Sputa una parolaccia. Paloma arretra. Lo scamiciato bianco è sfuggito alle macchie.

Il ballerino fa per scoppiare su tutte le furie, ma lo fisso senza mai mollarlo finché non legge la ferocia dell'animale e non abbassa gli occhi. "Meglio che ti cambi." Alzo un sopracciglio. "Qui ci resto io." Mi paro davanti al tipetto e prendo per mano Paloma – poi fra le braccia.

Il suo dolce profumo mi circonda, e per un attimo mi vengono le vertigini. La punta amarognola è svanita e sento solo la sua pelle squisita – con un lieve accenno di zenzero. Che voglia di leccarla su per il collo per assaggiarla come si deve...

"Mi concede questo ballo?" Le faccio il mio sorriso più

abbacinante e la guido nel valzer che mamma Winnie ci insegnava quando eravamo ragazzini allampanati.

"Ah, adesso me lo chiedi."

Ma sta flirtando o è scocciata davvero?

Non sono un orso burbero e scostante come mio fratello Teddy io. Ho imparato a coltivarmi e affascinare gli esseri umani. Per la prima volta però sono insicuro di me stesso. Per la prima volta m'interessa davvero che il fascino faccia effetto.

Paloma mi segue passo dopo passo, appoggiandosi a me e reagendo alla minima pressione. Giriamo e rigiriamo, danzando come fossimo nati per questo.

"Non dirmi che preferivi l'altro."

"Chad lo smentato? No." Rido, ma alza una spalla. "Preferisco esser lasciata in pace." Però mi scruta in viso con quello che spero sia interesse.

"Sì. Pare tu abbia una lunga fila di pretendenti." Guardo dietro di lei, dove il padre dell'ex compagno di ballo parla furioso con l'entourage di guardie.

Lei borbotta qualcosa in spagnolo.

"Prego?"

Solleva il mento. "Sotto a tutti questi muscoli devi essere proprio un omino."

Ohibò. Che stoccata. Non so cos'abbia fatto per guadagnarmela, ma all'orso piace che non le mandi a dire. Ieri sera la credevo sotto la minaccia del padre adottivo e dei suoi. "Non saprei; la maggior parte delle donne mi trova più che adeguato in... ehm... *quell'ambito*." Ammicco sotto la maschera.

Le sue guardie circondano la pista. Due si aprono a spallate la strada fra i ballerini per venir da noi.

Che cazzo succede adesso? Thom non si accorge che i suoi stanno dando spettacolo davanti agli ospiti? Non gliene frega niente?

L'allusione intanto l'ha fatta arrossire su gote e gola. Cerca di scostarsi, ma io me la tengo addosso: adoro sentirle le curve morbide... ci ruoto per danzar via dai bestioni.

"Mi fai schifo." Le fumano fin le narici. "Chiunque compri all'asta la verginità di una donna deve sentirsi *parecchio* inadeguato."

Mi sento come mi avessero versato una colata di cemento sul petto. Mi blocco e la mollo di scatto.

Comprare la *verginità*?

Questo stanno combinando?! Che non ci pensino neanche! Adesso ci sono qui io.

Lo shock mi distrae un attimo dalle guardie. Ci sono addosso prima che possa reagire.

"Ora di andare, Paloma." Lo stronzo che ieri sera voleva imboccarla la piglia dal gomito.

"Lei non va da nessuna parte," ringhio prima di ricordare che è meglio nascondere l'aggressività.

Paloma si sbroglia dalla mia presa però. "Ehi. Non sono ancora tua."

Thom mi posa la mano sulla spalla. "Pare che a mia figlia non vada di ballare, Darius."

Serro i denti mentre la trascinano via – non solo lontano da me, ma proprio fuori dalla sala. Il cemento ormai mi è sceso alla pancia. Che voglia di massacrare Thom di pugni... l'orso vuole liberarsi, però mi contengo.

Sono quindici anni che mi alleno.

Quando si vive fra gli avvoltoi, ogni singola azione deve seguire un attento ragionamento. Soprattutto se si appartiene a un'altra specie.

Non vincerò un corpo a corpo con la quarantina di guardie che ho individuato nella villa. Devo far con calma, scoprire dove l'hanno portata e salvarla dall'orrore che sembra essere la sua vita.

Mi costringo a girarmi per fargli un sorriso insipido. "Bellissima festa. Peccato che la sicurezza faccia tutta questa scena."

"Confesso di essere esageratamente protettivo nei confronti delle persone affidate alla mia tutela: è il mio più grosso difetto." Ha abbassato la voce, come confidandosi. Devo liberarmi di lui, prima di rifilargli un pugno in gola. L'odore di Paloma sta svanendo e l'orso mi sprona all'inseguimento, prima che ne perda le tracce. Poi però dice una cosa che riporta alla concentrazione me e l'animale. "Paloma... è malata."

"Mi dispiace." Ecco spiegato l'amarognolo. Farmaci? "È curabile?"

"Quasi risolto, ragazzo mio. Non c'è nulla che i medici non sappiano guarire." Guarda oltre dandomi un'altra pacca sulla spalla. "Ah, vedo che mi chiamano."

Dall'altra parte della stanza un crocchio di miliardari da reparto geriatrico se ne sta andando insieme alla prole. Va da loro.

Lo seguo. "Hai una riunione?"

"Mere faccende personali. Nulla di cui tu ti debba preoccupare." Sventola la mano e due massicce guardie mi ostruiscono il passaggio. "Divertiti." Esce con gli amichetti.

Avanzo, ma devo fermarmi quando le guardie non si muovono. "Festicciola intima?" Li indico. Quel che resta di Chad lo smentato viene rapito dal padre e sparisce dietro alle doppie porte.

"Solo su invito. Che lei non ha."

Potrei sbattergli le teste l'una contro l'altra per partire alla caccia di Thom... ma non serve. So già cosa succede là dietro. L'asta. Thom venderà la figlia adottiva, neanche fosse una principessa medievale.

Spero ci voglia parecchio. Altrimenti non arriverò mai a Paloma.

Mi stringo nelle spalle come avessero vinto loro e vago per la sala da ballo – nella direzione presa dalle guardie di Paloma. Incappo in altri bestioni incravattati che sbarrano l'uscita. Due mi guardano male, e resisto alla voglia di fargli un simpatico saluto militare.

Prendo un altro champagne e lo sorseggio. Qualche modella dall'aria annoiata chiacchiera in cerchio; vado da loro.

"Eravate mai state qui, signore?"

Due scuotono il capo.

"Vi va un giretto?"

E dieci minuti dopo girovago per il giardino con un gruppo di festaioli ridacchianti. Qualche ospite mi ha seguito – ha seguito le modelle. Tutti un po' più rauchi del normale, probabilmente perché li ho invitati a scolarsi qualche shottino prima del 'tour'.

"Da questa parte." Vado a una porta vicina all'ala ovest e blocco la visuale a tutti col corpo in modo da forzare la serratura. "Qui ci sono i dipinti migliori." Conduco tutti dentro.

"Ma quello è un Picasso?" Qualcuno si riunisce attorno a un quadro cubista che raffigura una donna.

"Eh già," faccio. "Varrà quasi cento milioni dollari."

Dato che non c'è segno né odore di Paloma, resto vicino alla porta mentre si accalcano all'interno.

E lo sento.

Va', mi urla l'orso. Ricaccio giù la voglia di mettermi a ruggire di corsa per il corridoio.

"Cos'hai preso?" Accanto a me una modella accigliata mi scruta. "Hai gli occhi... strani."

"Itterizia." Mi guarda di sbieco. È troppo sveglia per bersela. Le faccio l'occhiolino per farle pensare scherzassi. "Ho delle gocce in camera. Torno subito. Credo che laggiù, dietro l'angolo, ci sia un Monet," ed esco puntando il pollice indietro, suscitando immediati gridolini d'entusiasmo.

Seguo il profumo di Paloma lungo il corridoio. Mi segue una decina di festaioli che ancora vede in me il pifferaio magico.

"Ehi! Che fate?" urla una guardia quando giriamo l'angolo. Ha beccato il fondo del gruppo. "Qui è vietato l'accesso!" Non vedo, ma dal chiasso direi che insieme ai colleghi sta cercando di radunare di nuovo tutti in sala da ballo – e i prepotenti ubriaconi si fanno belligeranti e rispondono a tono, lasciandomi libero di proseguire nelle ricerche.

Seguo il profumo – ora fresco – lungo il corridoio, come dicevo. Ormai nelle viscere dell'ala occidentale. Non vedo bestioni, ma li sento mormorare fra loro più avanti.

Allungo parecchio il passo e supero una porta dall'odore sbagliato. Mi fermo per girare il pomello. È uno stanzino buio simile a uno studio medico. Ci sono il tavolo e nessun altro mobile, tranne un armadietto bianco e un freezer dall'anta in vetro.

Ecco da dove proviene la puzza. Thom mi ha detto che Paloma è malata, dando però a intendere che viene curata col meglio acquistabile. Dev'essere grave se ha uno studio per le visite tutto per sé.

Mi concedo un attimo per frugare nei cassetti. Confezioni di guanti e siringhe – tutto ciò di cui un dottore o un infermiere hanno bisogno.

Il freezer è del tipo usato dai farmacisti per tenerci i

vaccini alla temperatura giusta. Ha scaffali su scaffali di fiale piene di un liquido azzurro.

Veleno, mi avverte l'orso – e avrebbe anche senso. I farmaci umani per gli animali di quello sanno. Mi costringo ad aprire l'anta per dare un'annusata e vedere se riconosco qualcosa di specifico. Il tanfo è affilato come un rasoio, tipo minuscole lamette che mi recidono le narici. Da vicino lo sentirebbe persino un essere umano. So che usano intrugli penetranti per salvarsi – la chemio che attacca le cellule cancerose, per esempio – ma questo puzza proprio.

La fretta di salvare Paloma aumenta. Il tempo sta scadendo.

Al momento l'asta è la distrazione perfetta. Devo trovarla prima che quest'occasione sfumi.

Chiudo la porta e proseguo. Il profumo ancora permea l'aria: la sirena chiama me e l'orso. Mi costringo a rallentare e guardarmi intorno in cerca delle guardie.

La dolcezza di fiori si fa più intensa e capisco di esserci vicino. Poi sento la voce.

"No," dice a qualcuno. "Voglio restare in camera mia."

Sono arrivato all'ultima svolta. Il corridoio finisce sei metri più avanti. Paloma litiga con un gruppo di guardie davanti a un'enorme soglia rotonda.

Non sono eleganti come quelle della festa: portano nere uniformi militari. Thom ha messo addosso alla sua preziosa Paloma un esercito privato. Molti sono pericolosamente armati.

"Ti aiuto io." Il più grosso la prende per il braccio. Mi si accendono gli occhi di lampi e devo trattenermi per non esplodere nell'animale.

"Mi arrangio," sbotta lei. Lui lascia ricadere la mano – e così si salva la pellaccia. Se l'avesse toccata l'avrei ammazzato. "Vado da sola. Lasciatemi stare però."

"Va' allora." Il capo – quello che ieri sera cercava di farla mangiare a forza – si fa da parte e Paloma sparisce. Il grandissimo portone si chiude alle sue spalle. È rotondo come l'ingresso di un caveau. Tutte le serrature vanno al loro posto con uno sgradevole scatto.

Pare l'abbiano rinchiusa ben bene.

Il capo ordina ai suoi di sparpagliarsi. Alcuni escono di pattuglia, ma i più restano dando la schiena al portone.

Una corsetta e potrei eliminarli quasi tutti con un attacco a sorpresa, ma poi dovrei perdere tempo a scassinare il caveau. Inoltre avvertirei l'intera villa – e a spasso ci saranno almeno altre trentacinque guardie.

Devo entrare in un altro modo.

Torno tranquillo e beato indietro e risbuco in giardino. La stanza di Paloma si trova sul fondo dell'ala ovest, in una vera e propria torre di pietra. La rinchiudono come una principessa.

Le guardie pattugliano i confini, ma sono voltate verso l'esterno, come si aspettassero un attacco dalla strada.

Nella pietra ci sono un sacco di punti d'appoggio, e dovessi averne bisogno c'è pure l'edera cui aggrapparsi. Gli orsi si arrampicano che è una meraviglia.

Aspetto che le nuvole coprano la luna e comincio la salita.

* * *

Paloma

Filtra in camera la luce della luna. La finestra scricchiola e i rami dell'edera danzano al vento. Mi alzo per andare a guardar fuori, al cielo della notte. Darei qualsiasi cosa per poter aprire la finestra sulla brezza dell'oceano. Frustrata, do uno schiaffo al vetro infrangibile e poi crollo a letto, rivolta al cielo.

Mi sono messa il pigiama rosa, quindi posso rilassarmi. Sul comodino c'è il libro, ma sono troppo agitata per finirlo.

Almeno sono sola. Di solito odio farmi rinchiudere qua dentro, ma adesso è una bella tregua. È la mia ultima notte di libertà.

Mi massaggio il braccio destro. Ho i bicipiti indolenziti dopo l'iniezione di stasera. Il farmaco mi frastorna.

Qualche anno fa, dopo una normale visita e l'antinfluenzale mi vennero vertigini tali che dovetti stendermi. Thom assume medici provenienti da ogni angolo della terra. Ancora non hanno capito cos'ho che non va, ma hanno ristretto il campo a qualcosa di autoimmune. Thom mi limita l'accesso a internet in modo che non possa fare ricerche per conto mio, ma il miscuglio di medicine che mi iniettano un giorno sì e uno no tiene a bada i sintomi.

In uno dei tentativi di fuga meglio riusciti sono uscita dalla proprietà solo per accasciarmi dopo ventiquattr'ore. Fra i sintomi della malattia rientra la debolezza estrema. Mi serviranno iniezioni regolari per il resto della vita, per potermi muovere. Altrimenti si diffonderà fino a uccidermi gli organi.

Fortuna che rispondo bene alle cure! Adesso però Thom ha parecchi modi per tenermi imbrigliata alla sua vita: mia sorella e i farmaci.

E vuole farmi ingravidare. Farà dei bambini degli schiavi proprio come ha fatto con me. Non smetterò mai di ribellarmi – figuriamoci! – ma non so che fare. La speranza è un lume flebile che svanisce all'orizzonte...

Mi gira la testa per i farmaci, ma il rimestamento allo stomaco è dovuto all'asta.

La finestra scricchiola di nuovo. La cornice si scuote... e

poi il vetro infrangibile riesce nell'impossibile: si crepa, si curva verso l'interno ed esplode in un milione di schegge luccicanti.

Raggelata, non riesco a reagire. I pensieri si muovono lenti come fossi sott'acqua, e non posso far altro che guardare la figura scura che occupa quel vuoto. L'intruso se ne sta fermo un attimo prima di saltar leggero sul pavimento e tirarsi dritto. La bassa illuminazione gli scivola sugli scompigliati capelli biondi.

"Ciao, Raperonzolo."

Capitolo quattro

Paloma

P È il vichingo. Qui. In camera mia. Ha scalato la torre e rotto la finestra, e adesso mi spara un sorrisone, come fosse normalissimo.

Ho la bocca spalancata. Al vederlo l'elettricità mi ronza sulla pelle e il cuore attacca a martellare.

Costringo gli arti pesanti a muoversi e scendo disordinata dal letto per mettere il baldacchino fra me e lui. Lo stordimento mi travolge ancora. Sono trafelata come avessi corso, ma alla fine ritrovo la voce. "Che stai facendo?" Afferro la prima cosa a portata – il grosso tascabile – e gliela lancio. Ho il braccio molle.

Non era un gran tiro, ma comunque lui lo piglia al volo e lo gira per esaminare la copertina. "Ho già sentito nominare questa scrittrice. È brava?"

"Vattene." Indico la finestra.

Avanza tranquillo e beato per posare il romanzo sul materasso – attirando col movimento la mia attenzione sulle sue potenti spalle. La stanza sembra più piccola ora che c'è lui. Alza le mani. "Non intendo farti del male."

"Lo so." Lo dico prima ancora di rendermi conto di pensarlo. Con lui mi sento al sicuro. C'è del magnetismo fra noi. Gli interesso tanto quanto lui interessa me. Nel senso antico in cui ai maschietti interessano le femminucce – non solo alla ti-voglio-perché-mi-farai-diventare-miliardario. Anche se sono certa che vuole anche quello.

S'avvicina facendo il giro del letto. Non ho dove arretrare, e affascinata dalla fluidità con cui si muove resto qua impalata.

Si ferma qualche passo più in là. "Non ti faccio paura."

"No," ammetto. "Ma non dovresti stare qui." Non mi sono ancora spolmonata per chiedere aiuto, comunque. E non so perché. Un po' non voglio che le guardie invadano il mio spazio privato per farlo a pezzi...

...e un po' voglio assaporare il momento. È enorme e bellissimo, e il mio corpo ricorda la delicatezza con cui mi ha guidata nel valzer. Il fascino del suo sorriso.

La fredda aria notturna m'invade la camera facendomi venire la pelle d'oca. Sono fin troppo consapevole d'indossare pochissima roba: è una sottile seta a coprirmi seno e sesso nudi, e nulla può nascondere i capezzoli inturgiditi.

Devo riconoscerglielo però: il vichingo mi tiene gli occhi incollati al viso. "Andiamo, Raperonzolo." Mi porge la manona enorme.

Le lancio un'occhiatina e mi ritrovo a fissarla. Cosa saprebbe fare al mio corpo un omone provvisto di mani del genere?

Ehi, ma che mi salta in testa adesso?!

Ah sì – stasera c'è l'asta per la mia verginità: questo qui ha solo deciso di saltare la fila per prendermi gratuitamente.

Sarebbe proprio il caso di urlare. Ma Thom lo ammazzerebbe. Adesso che sono sicura che ha ucciso lui i miei, so che le guardie non fanno solo scena. Chissà quanti morti hanno seminato per suo conto. E poi, anche se questo qui dev'essere altrettanto spregevole... non voglio che muoia. Mi affascina.

Indietreggio. "Meglio che tu te ne vada. Qui non sei al sicuro."

"*Tu* non sei al sicuro. Sono venuto per questo, principessa." Avanza di un passo e mi fa segno di seguirlo. Gli occhi hanno uno strano luccichio: sono luminosi e color miele, come la luna d'estate. "Chad lo smentato sta facendo le offerte. Leviamoci di torno prima che venga dichiarato vincitore lui o un altro cazzo moscio."

"Perché, tu non ce l'hai moscio?" A braccia conserte alzo un sopracciglio, ma arrossisco fino al collo e mi ritrovo a pensare davvero a quella sua particina anatomica.

Cioè... glielo guardo proprio!

Nei pantaloni ha una protuberanza che mi dice che non soffre *certo* della sindrome della moscità. Eh già. *Per niente.*

Cerco – invano – di deglutire ripensando a come sarebbe farsi sverginare da questo colosso.

Mi surriscaldo tutta, dalla pancia al petto. Mi rifiuto di credere sia una reazione a lui. Dev'essere una vampata dei farmaci.

Il vichingo inclina il capo, come udendo qualcosa fuori dalla porta – io non sento niente però. "Vieni, Paloma." Mi fa cenno di nuovo perdendo completamente la serena aria seduttiva. Adesso parla di fretta. "Dobbiamo andarcene subito."

La stanza gira un po' per le medicine. Non sono salda sui piedi.

Una parte incauta di me vorrebbe seguirlo. Ma non posso scappare di nuovo – Thom se la prenderebbe con Wren.

Do uno scossone della testa. "Non posso. Se mi vuoi, partecipa all'asta come gli altri."

Ah, quanto vorrei vincesse lui! Ma non ha i liquidi necessari – altrimenti non avrebbe scalato la torre.

Gira di nuovo il capo, in ascolto di cose che io non posso sentire. "Ok, principessa. Scusami tanto." Copre la distanza che c'è fra noi, si sporge, m'infila la spalla nella piega del fianco e si raddrizza, neanche fossi un sacco di patate! "Dovremo fare a modo mio."

Mi si rovescia lo stomaco – come il mondo. Mi aggrappo ai suoi pantaloni, ma non posso far altro che sentirne glutei e tendini d'acciaio. "Fermo!" sussurro e urlo al contempo. Tanto ormai ho già scelto: non lo farò ammazzare gridando.

Anche se dovrei. Perché potrebbe farmi ammazzare *lui*, se scappasse senza farmaci! O potrebbe far ammazzare Wren.

"Non posso... non puoi... fermo!"

Troppo tardi però. Il vichingo riesce a scavalcare la finestra *tenendomi sulla spalla* – impossibile! – e attacca la discesa. Deve mollarmi per aggrapparsi al rampicante con tutte e due le mani, e io gli traballo addosso.

"Ah!" Le braccia mi funzionano malino, ma faccio del mio meglio per tenermi alla sua vita e non precipitare e rompermi l'osso del collo. "Peso troppo! Vuoi ammazzarmi?!" sussurro e strepito.

Ma non morirò mica: si muove a tale rapidità che siamo già vicini a terra. E non mi fa sentire neanche grossa. Anzi, con lui sembro leggera come una piuma.

"No, dolcezza. Voglio salvarti."

Malgrado il cervello impastato, cerco di decifrare le sue parole.

Salvarmi. Il vichingo è venuto a salvarmi. Che bel colpo di scena romantico...

Arriviamo giù, ma non mi molla; attraversa di corsa il prato sempre tenendomi in spalla.

Mi sa che è il chiasso degli ospiti a proteggerci dalle guardie, perché arriviamo fino alla gigantesca rotonda del vialetto prima che ci vedano.

"Fermi lì!" tuona uno. Nell'auricolare grida: "Risorsa rubata. Ripeto: risorsa rubata!"

Tutt'intorno a noi esplodono le urla.

Il vichingo si ferma un attimo, si gira e osserva tutto prima di sfrecciare nel bosco più veloce di quanto umanamente possibile.

"Aiuto!" grido. Non perché voglia esser salvata, ma per assicurarmi che Thom non mi creda sua complice. Non voglio mettere in pericolo Wren per questo folle piano – qualunque sia.

Sparano un colpo. Nelle stalle Starlight si lamenta, come mi sapesse nei guai.

Odo un altro grido. "Armi giù! Armi giù! Non rovinate la risorsa."

Venir descritta in questi termini mi fa venir voglia di vomitare...

No: è ciondolare a testa in giù dalla grossa spalla di uno che schizza fra gli alberi bui a darmi la nausea. Senza contare i farmaci.

Sospetto che il rapitore sia davvero un vichingo – in piena razzia e totale saccheggio. Peccato che ci farà ammazzare tutti e due.

Gli do un colpo sulla schiena. "Così non mi salvi mica!"

* * *

D*arius*

Ha paura.

Lo so perché l'odore è passato al metallo del timore quando hanno sparato. Quasi mi sono tramutato – l'orso moriva dalla voglia di fare a brandelli ogni singolo stronzo. Prima avrei giurato di aver riconosciuto il flebile odorino mielato dell'eccitazione... come se un po' le piacesse pure farsi sbatacchiare per tutta la villa.

Adesso sclera, e vorrei far fuori la testa di cazzo che ha fatto fuoco. Scommetto che ha mirato in aria per avvertire gli altri; insomma, quale idiota sparerebbe al buio alla 'risorsa'? Comunque sono quasi tentato d'esplodere nell'animale per strappargli dal corpo un arto alla volta. Non c'è tempo però – e poi nella foga rischierebbe di far male a Paloma.

Devo portarla via e consolarla.

Preferibilmente dopo averle tolto i vestiti.

Ops. Cancelliamo l'ultimo pensierino, va'.

È che porta pantaloncini e canottiera di raso succulentissimi – e nient'altro – e mi è venuta la pazza voglia di marchiarla seduta stante per tenerla alla larga da tutti quei cretini.

Non che gli esseri umani riconoscano i marchi, eh.

Ma voglio farlo *lo stesso*.

"Mettimi giù!" Mi batte i pugni sulla schiena.

"Resisti. Ti porto via." Mi fiondo nel bosco buio. Sopra il cielo è coperto, e approfitto dell'oscurità per tagliare verso la strada passando per il terreno di Thom. Per il momento abbiamo seminato le guardie.

Mi precipito sul cemento. Il ruggito di un motore mi dice che sta arrivando un'auto.

Ottimo.

Sale tuonando una Lamborghini nera. Da come

costeggia il ciglio della strada capisco che alla guida c'è uno fatto. È degli ospiti, non una guardia.

Il conducente non mi vede in tempo per frenare, ma scaglio una gamba in fuori e lo fermo piazzando il piede sulla mascherina del radiatore. Le ruote posteriori schizzano di lato. La mascherina mi si piega e ammacca attorno alla scarpa.

Paloma scalcia. Non la metto ancora giù – prima devo metter mano alla portiera del passeggero, spalancarla e allungare il braccio verso l'occupante: una delle modelle di plastica.

"Tutto bene?" domanda l'ubriaco. Porta lo smoking e ha ancora addosso la maschera – storta. La bianca polverina della coca attorno al naso e la compagna mi ricordano che avevano preso parte al tour della villa.

"Ah, sei tu!" ridacchia lei. Mi prende la mano e l'aiuto a scendere, poi piazzo delicatamente Paloma al suo posto.

"Che fai?" chiede il coglione.

"Smonta. È un'emergenza. Ha bisogno di un medico," taglio corto.

Non è del tutto falso. Ha i riflessi rallentati, presumo per i farmaci. Senza temo che sarebbe di gestione complessa...

"Cosa? Oh, accidenti..." Questo qui è più rallentato comunque.

Le ho già allacciato la cintura e chiuso la portiera.

Faccio una corsetta sull'altro lato e apro l'altra per tirar fuori l'autista. Si è dimenticato la cintura.

Peccato. Per lui.

Lo scaglio fuori e salto al volante prima che Paloma possa aprire la portiera. Cerca di arrivare alla maniglia, ma è lenta.

Pigio l'acceleratore e veniamo sbalzati in avanti: passiamo da zero e novanta in qualcosa come tre secondi.

Cavolo. Che figata. Tengo sempre giù il pedale e osservo il tachimetro salire a cento. Centodieci. Centoquindici miglia all'ora.

Mi sa che ho fregato la macchina giusta.

Paloma tiene ancora la mano sulla maniglia, come stesse valutando se aprirla e saltar giù.

"Attenta, principessa. Andiamo troppo forte," l'avverto.

Si gira verso i SUV neri che stanno uscendo adesso dal vialetto. "Sì, questo lo vedo. Ma ci prenderanno, sai."

"No, se riesco a evitarlo."

Pesco il telefono dalla tasca e digito il numero di un lupo mutante di mia conoscenza. Non Brick Blackthroat, l'alfa con cui mi scontro in palestra, ma il suo amichetto.

"Ehi, Scully," dico quando risponde. "Sono Darius Medvedev. L'o... ehm..." Cerco d'inventarmi una parola in codice per *orso*, ma m'interrompe.

"Sì, certo che so chi sei. Che c'è?"

"Mi serve un rifugio – fuori città. Ce l'hai un aggancio?"

"Sì. Dove sei adesso?"

"Negli Hamptons."

"Ricevuto. Il mezzo ce l'hai? Rhode Island è troppo lontano?"

Espiro. "È perfetto."

"Ti scrivo dove."

"Ottimo. Grazie."

"Serve protezione?"

"No, mi arrangio."

"Ti spiace dirmi che succede? So che preferisci agire da solo ma..."

"Sono a posto." Bah, lupi. Questa roba alla *nel branco o*

nella bara è esagerata, dai. "Se mi serve aiuto mi faccio sentire. Grazie comunque."

"Ok." Riaggancia senza ulteriori carinerie. Mi piace chi preferisce l'efficienza alle cagate.

Paloma mi fissa con gli occhi nocciola spalancati. "*Rifugio?*" fa. "Ma *chi sei?*"

Le sparo un sorriso. "Darius Medvedev. Al tuo servizio."

"Servizio? Così definisci rapirmi da camera mia a notte fonda?!" Abbassa lo sguardo allo striminzito pigiama di raso. "E senza vestiti?"

Non volevo, ma lancio un'occhiatina agli incredibili e pieni seni che si ritrova – e che si muovono sotto alla seta rosa della canotta. Mi scattano in su gli angoli della bocca. "Non vedo come questo specifico aspetto dell'avventura possa essere un problema."

"Ah, così la chiami?"

"Dovevo portarti via di lì."

Si rigira, ma vado a più di cento all'ora. I fanali dei SUV rimpiccioliscono sempre più. "Devi riportarmi indietro."

"Neanche per idea, principessa."

"Non capisci... Thom non è una bella persona. Ti ammazzerà. Ci ammazzerà tutti e due se crederà che me ne sono andata volontariamente!"

"Sì, ci ero arrivato. Ti tiene *rinchiusa* come una prigioniera. Stanotte hanno *fatto offerte per aggiudicarsi la tua verginità.*" So che mi brillano gli occhi perché sento l'orso graffiare per uscire. Vuole smembrare ogni singolo individuo abbia pensato di deflorarla.

Lei fa passare lo sguardo da me agli inseguitori.

"Come fa poi una bella donna come te a essere ancora vergine?" Do un bello scossone del capo. "Lascia stare... lo so: è tutta la vita che sei rinchiusa nella torre."

Cerco di nuovo di non guardarla – invano. I capezzoli si sono inturgiditi, sotto al fragile tessuto. Persino al buio vedo il rossore salirle su per il collo e sbocciarle su quella meraviglia di scollatura.

"Non sapevi della riproduzione finché non te l'ho detto io mentre ballavamo, eh?"

Quasi mi esplode l'animale – chissà se di rabbia per l'idea generale o di voglia... di provvedere di persona alla cosa. Senza che possa fermarmi, mi sfugge un basso ringhio di petto.

"No," ringhia l'orso prima che l'abbia rimesso al guinzaglio. Devo rimetterlo sotto controllo, prima che faccia qualcosa di ancor più incauto che rapire una damigella dalla torre più alta del castello. Ma che ha questa qui che mi fa quasi impazzire?

"È per questo che ti sei arrampicato fino alla mia finestra per salvarmi?"

"Stavo già cercando di capire perché Thompson ti tenesse sempre sotto sorveglianza. Comunque sì, l'ho trovata una ragione sufficiente a mettere a repentaglio il mio lavoro."

Mi scruta. "Credevo fossi venuto per l'asta anche tu."

"L'avevo capito."

"Credevo che Thom ti trovasse lo stallone perfetto."

"Perché?"

"Ah boh: magari perché sei due volte gli altri e nuoti nell'oceano gelato senza maglia?"

Ho uno spasmo alle labbra. "Credevi dovessi fare il bagno con lo smoking?"

"Taci..."

"Ho fatto colpo, Raperonzolo?"

"Certo che no!" Serra l'interno coscia e l'abitacolo si riempie del dolce profumo dell'eccitazione.

Sì, ho fatto colpo.

L'ammirazione è reciproca comunque.

"Pensavo solo che Thom ti avesse scelto perché sei il perfetto..." – sventola la mano nella mia direzione – "*esemplare*. O qualcosa del genere."

"Giuro che non sapevo nulla dell'asta, Paloma."

"Quindi non fai parte del malvagio piano. In tal caso..." Guarda fuori dal finestrino, e ho l'impressione che voglia nascondere il viso. L'odore dell'eccitazione si fa più intenso.

In tutta risposta mi si emoziona l'uccello. Appena sotto la superficie, l'orso tuona e scuote la gabbia.

Fammi uscire.

Il sangue mi si precipita tutto a sud della cintola. Insisto. "In tal caso?"

"In tal caso..." Allunga il collo per guardare indietro. Siamo ben fuori pericolo, ormai; voliamo a più del doppio della velocità delle altre auto. Qualche miglio ancora e passerò alla principale per Rhode Island. Si rigira a guardarmi pensierosa. "Concederti la mia verginità saboterebbe alla grande gli importanti progetti di Thom."

Capitolo cinque

Paloma
Gli scappa una specie di strano ringhio e pigia sull'acceleratore. Mi sembrava già di correre, ma adesso si scatena proprio. Mi aggrappo alla maniglia dell'auto sportiva che s'è fatto 'prestare' e lancio un'occhiata al tachimetro. Centoquindici all'ora.

Corre al letto dove mi prenderà?

Il cuore mi accelera insieme alla macchina.

Sta accadendo davvero. Finirò a letto col vichingo!

Raccoglierà il mio fiore.

M'ingraviderà.

Sì, lo so – ho letto troppi romanzi rosa d'ambientazione storica. Ma l'orrore del progetto di Thom si fa molto più gustoso ora che lo stallone è il vichingo. Forse così riuscirò pure a riprendere il controllo nell'unico e misero modo che mi è concesso: privare Thom di una verginità da vendere mi dà una certa soddisfazione.

Ma non è solo quello.

Ho ventiquattro anni. Ho passato gli ultimi dieci in prigione, senza televisione e con accesso limitato a internet.

I miei unici piaceri sono stati cavalcare Starlight e leggere romanzi rosa – e sì, alcuni di questi ultimi forse mi hanno suscitato un sano interesse per il sesso...

Voglio sapere com'è farsi prendere dal predatorio vichingo.

Voglio guidarne il membro pulsante nella passera tremolante... o come si dice. Lo voglio!

Basta sia lui.

A giudicare poi dal tendone che gli formano i pantaloni... lo vuole anche lui.

Superiamo di volata un cartello e preme il freno, poi prende una curva a velocità tale da far stridere le gomme.

Finisco addosso alla portiera e mi aggrappo alla maniglia. Ci sarebbe di che spaventarsi, ma lui è tanto sicuro di sé ed efficiente che confido sappia il fatto suo. Mi sento stranamente in salvo con lui – malgrado stia mettendo me e mia sorella in terribile pericolo.

Vabbè, per stanotte lo asseconderò. Mi farò deflorare dal gigantesco uccello vichingo e poi tornerò di corsa da Thom.

Solo così potrò esser certa che Wren sia salva.

E poi entro quarantotto ore devo prendere i farmaci – altrimenti rischio di rimanerci.

Gli alberi bui mi passano di volata fuori dal vetro. Mi contorco per guardare indietro, ma gli scagnozzi di Thom sono ben lontani. Forse ce la facciamo sul serio.

Mi sento più al sicuro di quanto mi sia sentita nei dieci anni che mi separano dalla morte dei miei.

Dall'*assassinio*, cioè.

Ma la momentanea libertà da Thom e dai suoi ignobili progetti non cancella l'incubo.

È solo una tregua.

Con un vichingo sexy da morire che mi ha letteralmente portata via in spalla. Senza discostarsi molto dalla fantasia della spiaggia.

Abbandonare la villa è al contempo esilarante e terrificante. Non ne uscivo da quando cinque anni fa cercai di scappare. Quella volta m'intrufolai nella casa estiva di chissà chi, lungo la strada. Sapevo che non veniva mai usata. Me ne rimasi rintanata lì tutta la notte e cercai di contattare Wren al collegio, ma le suore non mi permisero di parlarle.

Fu prima che sapessi di dipendere tanto dai farmaci. L'indomani mattina svenni. Le guardie mi trovarono nel pomeriggio e mi riportarono a Lockepoint. Il medico disse che ero quasi morta.

"Pur *apprezzando molto* che sul tavolo ci sia la tua verginità, non è per questo che ti ho reclamata. Ehm... presa. Sì, vabbè." Per via di uno strano gioco di luce gli luccicano gli occhi.

Oddio, quant'è bello... sembra aver i capelli più lunghi di ieri sera – quasi come fossero cresciuti per adattarsi alla mia fantasia. Starci insieme rinchiusa in un abitacolo tanto piccolo mi fa un effetto assurdo. Il lento picchiettare fra le gambe si fa ogni secondo più insistente...

"Mi sa che preferisco *reclamare*."

Fa scattare in su le sopracciglia e gli va di traverso la saliva. "Eh?"

"Sì. Sta benc all'aria da predatore vichingo che hai."

Storce le labbra. "Aria da che?"

"Senti... è una mia fantasia. Controllo io la narrazione dello sverginamento."

"Certo, certo!" dice di corsa. "Eccome, controlli tutto tu." Ce l'ha grosso e duro. Quasi quasi allungo la mano e gliela piazzo sui pantaloni... "Sarò" – si schiarisce la voce – "il vichingo predatore, se vuoi. Ma, come ho detto, non si tratta di questo."

Non riesco a pensare ad altro che al sesso – a come sarà con Darius. Starà sopra? Mi prenderà da dietro? O dovrei controllare tutto io e salirgli sulla vita, la prima volta? Finalmente però digerisco le sue parole. "E di cosa si tratta allora?" Non appena mi scappa comunque mi rendo conto di non volerlo sapere.

Sono riuscita a fuggire da Lockepoint – almeno per stanotte.

Lo farò per la prima volta con un bellissimo sconosciuto.

A tutte le altre brutture della mia vita non voglio pensare. Mi allungo per posargli le dita sulle labbra seducenti. "No, aspetta." Lo zittisco così. "Non dirmelo. Non posso fantasticare almeno per stanotte?"

Le schiude e gli sento la barbetta dorata quando me le prende in bocca per succhiarle.

Le dita non sono mica erotiche! O comunque mai me lo sarei immaginato. Ma mi piglia una fitta fra le gambe, come avessi i polpastrelli collegati alla passera.

Mi sfugge un basso gemito. M'inumidisco lì sotto. Quanto vorrei avere addosso le mutandine... gl'inzupperò tutto il sedile!

"Vuoi che per stanotte reciti la parte del vichingo?" Parla roco.

Quando ritraggo la mano me la ferma prendendomi per il polso.

"Non è che sono i farmaci a parlare?" Si rimette le mie dita in bocca e mi mordicchia le nocche.

"No! Certo che no. Controllo io il mio destino. Decido io a chi dare la mia verginità... e scelgo te."

S'infila l'indice in bocca e me lo succhia facendoci roteare la lingua intorno.

Urlo. I capezzoli sono puntine dure, i seni pesanti. Oddio – rischio di venire solo con una succhiatina al dito!

"Scegli di darla a *me*?" La voce gli è scesa di un'ottava – impossibile, dai, già era un baritono... non so come, ma la lucetta dell'auto gli tinge gli occhi d'oro. "Uno che neanche conosci?"

Pare indeciso, perché mentre discute si fa scivolare la mia mano giù per il corpo muscoloso, fino all'asta che gli sale lungo la coscia. E da lì capisco dove vuole andare a parare: dove voglio andare a parare io. Gli passo il palmo sul grosso uccello meravigliandomi di quanto sia lungo e duro.

"Scelgo il vichingo." Ho la voce roca anch'io. "Cioè te, per stanotte."

"Ah." Ne sento il ventre rabbrividire col respiro mentre lo accarezzo lentamente. "Capito." È trafelato.

Ritraggo la mano per tornare seduta composta. "Ma se non ti va..." Per la prima volta nella vita ho l'impressione di comprendere il potere che una donna può avere su un uomo.

Ecco perché gente come Thom tiene le donne in cattività o le costringe alla riproduzione, di tutto per aver qualcosa che le spaventi – che le controlli, se non stanno attente.

Mi ripiglia il polso e se lo porta alla bocca. Stavolta socchiude le labbra per passarmele lì, per inalarmi profondamente, neanche il mio odore per lui possedesse chissà quale qualità erotica. Strano, dato che non ho messo profumi. Che ci sarà mai di tanto buono da annusare nella ragazza della torre?

"Mi va, principessa. Sarò il tuo vichingo. Stanotte sarò qualunque cosa tu voglia. Come hai detto tu, è una fantasia. E chi sono io per negare a una donna i suoi desideri più profondi?"

A queste parole vengo percorsa da un minuscolo orgasmo. Scollo le natiche dal sedile e chiudo di colpo le cosce mentre i muscoli si contraggono di spasmi.

Mi guarda. "Ma sei venuta?"

Sono senza fiato. Che fantasia fantastica! "Sì."

Scuote lentamente la testa con uno sbuffo – il tutto guidando al doppio del limite di velocità e superando le poche auto che stasera occupano lo stradone. "Principessa sporcacciona... sei il premio del vichingo. Non lo sai?" Nei fanali di una macchina in avvicinamento gli luccicano gli occhi. "Non puoi venire senza permesso."

Le carni fra le gambe si sollevano e induriscono.

"Fallo di nuovo e dovrò metterti sulle mie ginocchia... per una vera punizione vichinga."

* * *

D*arius*

Sto per venirmi nei pantaloni anch'io.

Fammi uscire.

L'orso graffia per liberarsi.

Ce l'ho più duro della pietra. Farei meglio a stare più attento alla strada e a eventuale polizia, dato che vado a più di cento oltre il limite su un'auto rubata – ma Paloma ha detto che vuole la *reclami.*

So che non ha idea di cosa significhi, ma l'animale ormai ha sentito.

E c'è pure *dell'altro.*

Cazzo. Devo stare attento. Ho un orso selvatico. Totalmente incivile. Selvaggio.

Se prende il controllo mentre la sto toccando – se cerca di marchiarla permanentemente come nostra – potrei metterla in pericolo. Non che la ferirei, eh... ma è un'umana fragile. E lui una bestia feroce. Marchiandola potrebbe ucciderla.

Non posso liberarlo mentre c'è lei. Mai.

Alle mie parole però Paloma geme. Devo prendere il controllo della situazione.

"Ecco cosa voglio che tu faccia, principessa." Uso la voce da consiglio d'amministrazione – quella che fa saltare sull'attenti i sottoposti dalla voglia di compiacermi. "Abbassa il sedile."

Ubbidisce: armeggia coi pulsanti sul lato finché non trova quello giusto.

"Brava. Adesso ficcati le dita fra le gambe e chiudi gli occhi. Bagnatela bene per me mentre io penso a cosa farà il vichingo quando ti avrà a portata. Capito?"

Si fa scivolare le dita nei pantaloncini di raso del pigiama e posa la testa. "Si ribellerà," mi avvisa chiudendo le palpebre.

"Allora dovrò costringerla a ubbidirmi. Dimmi un po': le piacerà?"

"Le piace essere buttata sulla sua robusta spalla grossa. Magari le servirebbe anche qualche legaccio... lento, ovvio. E..." – le vacilla appena la voce – "forse quell'altra cosa cui hai accennato."

Nascondo il sorriso. "Una bella sculacciata come si deve?"

"Magari non esagerata," fa con una vocina.

Mi scappa una risatina. "Avrà la notte dei suoi sogni."

Segue le istruzioni: tiene gli occhi chiusi e muove le dita fra le cosce. Alla fine però, come speravo, si assopisce.

E menomale, cazzo! Mancano almeno altre tre ore al rifugio, e mi sarebbe esploso se avessimo continuato coi preliminari.

Sfreccio per il Connecticut guardando bene se ci sono pattuglie. Intanto comincio a intravvedere l'assurdità di ciò che ho fatto.

Ho lasciato comandare l'istinto dell'orso per rapire Paloma.

Non me ne pento, eh – neanche un po'; adesso che è con me mi è venuta una certa euforia. Mi rendo però conto che le conseguenze saranno drastiche. Thompson è un uomo potente.

Ho appena dichiarato guerra a un malvagio ed eccentrico miliardario chiaramente privo di bussola morale. E a differenza sua, io non ho buone conoscenze. Non ho gonfiato le tasche di amichetti piazzati in ogni ufficio che conta perché mentano, rubino e tradiscano per me.

Sono nuovo a Wall Street. Non sono nato ricco – mi sono fatto dal niente. E solo di recente ho portato l'azienda a nove zeri. E non ho alle spalle nemmeno la forza di un branco, come Brick Blackthroat e i lupi di Wall Street.

Provengo da una piccola famiglia raffazzonata adottiva delle montagne rurali del Nuovo Messico. Certo, posso chiamare i fratelli a casa per chiedere protezione o fuoco, ma gli accadesse qualcosa spezzerei il cuore della mamma. E gliel'ho già spezzato quanto basta.

La ferocia dell'orso e i suoi scatti adolescenziali la preoccuparono tanto da mandarla in letargo. Nemmeno mio fratello gemello mi parla più da allora.

Potrei rimanere in zona e chiedere aiuto a Brick Blackthroat e al branco, ma non è roba da poco – e poi non sarebbe obbligato a far nulla. Hanno appena superato una guerra intestina terribile quando s'è scelto una luna umana, e hanno perso centinaia di lupi.

E comunque, perdessi contro Thompson rischierei di trovarmi davanti non solo alla mia rovina finanziaria e professionale ma, come ha detto Paloma... alla morte di entrambi.

Ah, tanto non riesco a pensare a nient'altro che al

problema imminente: tenerla al sicuro. L'animale vuole reclamarla. Anche se lei acconsentisse, non posso mica accoppiarmi con un'umana! L'orso è troppo esplosivo, su. E le femmine di questa specie sono troppo fragili.

No.

Dovrò capire come liberarla dal crudele padre adottivo... e poi lasciarla andare.

L'orso ringhia – non un'eco di superficie, ma un ruggito proprio feroce che mi scappa di bocca e scuote tutta la macchina.

Paloma si sveglia di soprassalto, si tira seduta e inspira forte. *"Cos'è stato?!"*

Capitolo sei

aloma

Mi sveglio a letto col vichingo.

Dopo il rombo della moto mi sono riaddormentata. Darius mi aveva detto che eravamo quasi arrivati e mi avrebbe svegliata, ma mi sa che mentiva. Deve avermi portata dentro lui – follia. O i farmaci mi hanno dato più sonnolenza del solito o mi fido completamente. E poi peso parecchio io – come Thom sottolineava sempre.

Ora mi tiro seduta e mi guardo intorno. Io sono sotto le coperte ma Darius vi sta sopra, ancora vestitissimo, come si sia addormentato mentre faceva la guardia. Questo fantomatico 'rifugio' non è l'inviolabile bunker sotterraneo che m'immaginavo, ma una lussuosa casa sulla spiaggia. Dalle finestre che danno sull'oceano filtra la luce.

Esco dalle coperte attenta a non svegliarlo per andare a indagare. Scopro che ci troviamo in una meravigliosa tre camere per le vacanze. Uso uno dei bagni per lavarmi la faccia. Nel cesto sotto al lavandino trovo prodotti d'emergenza che possono rivelarsi utili: spazzolini e dentifrici, collutori mini, pettini confezionati. Persino crema solare e balsamo per le labbra. Ne metto un po' dopo essermi lavata i denti e spazzolata i capelli.

Poi perlustro la cucina. Le credenze sono piene di scatolette. Non moriremo di fame.

C'è una bella macchinetta Nespresso il cui misterioso funzionamento mi fa perdere un po' di tempo, ma quando ce la faccio mi fa una tazzona incredibile. Apro anche una confezione di panna.

"Paloma?" Dalla camera, mi chiama con chiara nota impanicata.

"Sono qui." Metto un'altra capsula nella macchina e ci sistemo sotto una tazza.

Sbuca dalla stanza. È scalzo ma ha ancora addosso la camicia e i pantaloni dello smoking. La cravatta è sparita e la camicia scura è aperta sulla gola, svelando un ciuffetto di peli dorati.

Si sfrega la mascella. Giuro che è passato dalla barbetta di ieri a barba e baffi pieni! Pure i capelli sembrano più lunghi... impossibile, dai. Sarò confusa io.

"Non riesco a credere di non averti sentita alzarti."

M'ero dimenticata avesse una voce tanto profonda. Quanto mi piace il suo rombo grave... "Eri sicuramente stanco. A che ora siamo arrivati?"

"Intorno alle cinque. Ma di solito ho il sonno leggero." Mi osserva in modo al contempo analitico e... assonnato. "Evidentemente mi fido di te."

Mi sconvolge. "Strano," brontolo.

"Cosa?"

"Be'... svegliandomi ho pensato lo stesso." Mi scosto i capelli dal viso. "È curioso non mi sia svegliata quando siamo arrivati qui."

"Mmm..."

La macchinetta finisce e prendo la tazzona piena per porgergliela. "Panna?"

"Grazie, principessa." Tende la mano, e mi ritrovo a meravigliarmi di quanto sia sexy con l'orologio. Non perché sia un pezzo costoso, eh – e lo è! – ma perché è bello. L'ampio osso del polso sarà il doppio del mio, e i peletti dorati dell'avambraccio grosso di muscoli fanno da sfondo perfetto al Rolex – o quel che è.

Ma c'è da dire che tutto di questo gigante mi attrae un sacco.

Piega le dita sulla tazza sfiorando le mie. Al contatto mi vengono le farfalle allo stomaco. "Sì, grazie. Per la panna, dico."

Ma che rombo di voce che ha! Mi rimescola ancor di più dentro.

Gliela verso dalla piccola confezione mentre mi osserva contento.

Senza infida scaltrezza. Non mi analizza nel dettaglio come Thom. La sua presenza sembra sostenermi. Con lui posso rilassarmi, come al sicuro. Come non fossi costretta a stare all'erta.

Falso, ovviamente.

Non sono al sicuro. E anche se non credo che Darius mi farebbe mai del male, siamo in *serissimo* pericolo.

Beve un sorso di caffè osservandomi al di sopra del bordo della tazza.

Il ricordo di ciò che mi ha detto ieri sera torna in un'ondata. *Brava. Bagnatela bene per me mentre io penso a cosa farà il vichingo quando ti avrà a portata.*

Oh, Darius...

Non posso restar qui con lui – né posso lasciare si faccia ammazzare a causa mia! Il piano migliore sarebbe quello di scappare da qui, da lui, e mettermi in contatto con Thom. Posso cercare di spiegargli tutto. Darius era ubriaco. Faceva festa nel prato. Ha pensato fosse uno spasso arrampicarsi e portarmi giù, ed era troppo fatto per comprendere che io non ero d'accordo.

Come no. Figurati se se la beve. Magari ci farò un patto al telefono: io torno e tu lasci in pace Wren e Darius.

Roba del genere.

So solo che a breve dovrò abbandonare il bellissimo rifugio.

Prima però mi darò a una bella passione bollente e vichinga. Potrebbe essere l'unica occasione che mai avrò nella vita di fare ciò che voglio.

"Allora, vichingo?" lo sfido. "È questa la tua fortezza?"

Il fermo sguardo caldo va in lenta combustione. Curva le labbra in un lento sorriso. "Sì. Per il momento." Non scolla gli occhi dai miei.

"E cosa faresti se la principessa tentasse la fuga?"

Non batte ciglio. Beve un altro sorso e mi osserva. La trepidazione mi fa formicolare tutta. "Naturalmente ci sarebbero delle conseguenze."

Mi sale dalla parte posteriore delle ginocchia fin su un tremore d'eccitazione. Fra le gambe, la carne si alza e strizza. Senza interrompere il contatto visivo, faccio scivolare lentamente la mia tazza sul banco.

Poi parto di corsa. Arrivo alle porte scorrevoli di vetro e perdo qualche prezioso secondo a capire come aprirle. Il vetro sembra spessissimo. Tipo antiproiettile.

Le apro e mi rendo conto che Darius non si è ancora mosso.

Ma ha voglia di rincorrermi?

Meglio non mi rovini la fantasia...

"Scappa, principessa," mormora in lieve rombo.

Attraverso di corsa il portico e mi fiondo giù per le scale. Corro verso l'acqua, dove la sabbia umida sarà più compatta e facile da percorrere. Una volta lì, vado più forte che posso.

Non che conti comunque: quando giro la testa vedo che è giusto dietro a me, quasi come si trattenesse persino dopo avermi dato un bel vantaggio!

Dalla sorpresa mi sfugge uno strillo.

Balza in avanti e mi piglia dalla vita. "Principessa cattiva..." mi mormora nell'orecchio girandomi. Mi aggrappo agli avambracci muscolosi. Ai meravigliosi tronchi d'albero. "E adesso dovrò punirti." Ha un tono allegro.

I miei piedi ritoccano terra e lui fa scivolare la mano dalla vita alle gambe, lì in mezzo. Trasalisco perfino. Il suo tocco saldo si modella sul monte di Venere. Al contempo con l'altra mano mi prende il seno, lo strizza. Poso il capo sul suo petto forte mentre una ribellione di sensazioni mi scuote tutta. Mi passa il pollice sul capezzolo. Le dita fra le cosce si muovono in cerchietti con una certa pressione.

Poi mi butta sulla schiena, ma sono tanto cullata dalle sue potenti braccia che non sento il colpo – mi stupisce solo ritrovarmi sulla sabbia.

Proprio come nella fantasia!

Non c'è lenta seduzione. Recita alla perfezione il ruolo del vichingo selvaggio. Mi tira di lato il cavallo di raso del pigiama per coprirmela tutta con la bocca aperta.

Urlo – dallo shock, dalla sorpresa. Ma più che altro dal piacere, perché la lingua già si dà da fare, già mi s'immerge nelle pieghe. Mi penetra, mi sferza. Mi succhia le labbra. I peli della barbetta ci mettono il loro.

Sono perduta. Già smarrita. Gli porto le mani ai capelli – alla folta criniera bionda – e li tiro per spronarlo a continuare.

Non che gli servano sproni, eh.

Il vichingo sa il fatto suo. M'infila la mano sotto la canottiera per massaggiarmi un seno e poi mi pizzica il capezzolo – il tutto mentre quell'esperta della lingua m'impartisce la lezione promessami per la disubbidienza!

E che lezione...

M'inarco sulla sabbia e gemo di goduria.

Si issa su una mano per guardarmi in faccia mentre le dita riprendono il massaggio alla figa. Me ne ficca uno dentro – o almeno ci prova, ma è troppo grosso. In auto mi ero accorta che devono essere grandi quanto l'uccello normale di un uomo. Va incontro alla mia naturale resistenza e arretra, poi passa a un dito più piccolo – forse il mignolo.

Sono trafelata dall'eccitazione.

Me lo avvita dentro e pompa lentamente, il tutto guardandomi in faccia – forse a caccia d'indizi di fastidio. Inesistenti, ovvio.

Godo e basta.

Un vichingo mi sta stuprando sulla spiaggia. Che perfezione...

Pompa un po' più veloce, mi pizzica il capezzolo un po' più brutalmente. Poi s'impossessa della mia bocca.

È un bacio selvaggio. Mi sferza dentro con la lingua, sulla quale assaggio il mio nettare.

Lo cingo con le gambe. Gli metto la mano sulla nuca per incoraggiare il bacio, ma lui s'interrompe per riabbassarsi sul mio sesso. Continua a lavorarmi col mignolo, mi trova il clitoride con la lingua.

Strillo quando tutt'intorno a me esplode il piacere. Vengo, gli stritolo il dito coi muscoli e inarco la schiena sulla sabbia in brividi e scossoni di cosce sulle ampie spalle.

Non dura tanto però. Ne voglio ancora. Voglio tutto. Voglio l'uccello.

Quando passa e apro gli occhi, Darius scuote il capo con falsa severità. "È la seconda volta che vieni senza permesso, principessa."

Giaccio sulla sabbia, molle ma in volo.

Alla luce del sole gli occhi gli luccicano d'ambra.

"E adesso è ora della punizione."

* * *

Darius

Mi alzo e la prendo per mano per rimettermela sulla spalla e riportarla così al castello – come un trofeo di guerra.

L'orso è su di giri, il che mi ha reso difficile trattenermi dopo l'assaggino di lingua – ma non l'ho reclamata.

Spero di non esser stato troppo brutale. Aggressivo. Comunque ci starebbe con la fantasia vichinga.

Mentre la riporto al rifugio col suo sapore ancora in bocca, in una danza della vittoria l'animale ruggisce. Nulla è mai stato più giusto di questo momento. Come reclamarla. No invece – non la reclamerò *mai*, ricordo a me stesso e all'orso.

Le realizzerò solo la fantasia.

E con piacere! È un onore che prendo con estrema serietà.

E la reclami, insiste.

Mai. Lo richiudo nella sua prigione come ho già fatto un milione di volte. *Sta' lì. Non uscire adesso. Mai, con Paloma.*

Reclamala.

È troppo consolato dal suo profumo, che m'inebria la testa, per pretenderlo con le unghie e con i denti.

Lo ignoro; penso invece a tutte le meravigliose porcherie che farò a Paloma.

Camminando le spolvero il retro delle gambe dalla sabbia e le do un piccolo sculaccione. Scalcia, ma l'odore dell'eccitazione si fa più forte.

"Principessa, sei mia adesso. Significa che il tuo corpo è mio. Che i tuoi orgasmi sono miei. Che ti piegherai al mio volere... o ne patirai le conseguenze."

Improvviso basandomi su questa roba dei vichinghi. Non so esattamente cos'abbia in mente lei, ma sospetto c'entri la dominazione. Forse non vuole sentirsi responsabile del suo appetito sessuale. Se fosse legata e costretta a sottomettervisi, non sarebbe colpa sua. Rimarrebbe una brava ragazza. Magari con queste fantasie è riuscita a gestire la prigionia, a digerire la mancanza di controllo rendendola sexy.

Devo fare tutto bene. So che l'idea della punizione l'accende – si capisce da come strizza le cosce ogni volta che vi accenno. Le darò una sculacciatina per vedere come reagisce.

Al rifugio uso il tastierino per entrare – digito il codice datomi da Sully. L'hanno equipaggiato d'ogni lusso desiderabile da un milionario. Mi sa che è la versione di Blackthroat di un alloggio privo delle comodità della vita moderna. Io e Paloma non avremo problemi a starcene rintanati qui finché non avrò capito come liberarla completamente da quel bastardo del padre adottivo.

Apro la porta scorrevole di vetro e poi sistemo la prigioniera davanti al divano.

"E adesso... la punizione. "Le levo lo striminzito top dalle spalline sottili come spaghetti. Avevo pensato di ordinarle di spogliarsi, ma presumo non voglia sottomettersi volontariamente. Vuole esservi costretta. Vuole le tolga ogni libertà di scelta. "Hai fatto la cattiva stamattina, principessa." Le aggancio i pollici alla cintola del pantaloncini di seta e glieli abbasso sul culo, poi le rifilo un bel colpo a una natica rotonda.

"Ah." Mi scocca un'occhiata. Ha gli occhi sgranati, ma le pupille sono ancora dilatate. Nessun segno di paura.

Mi siedo sul divano per prendermela sulle ginocchia. Cavolo, l'odore mielato è addirittura aumentato! Le poso il palmo grosso sul sedere e gli do una strizzata, ma senza far altro. Voglio si abitui. E come sempre aspetto un muto consenso.

"Sono io il padrone della fortezza," le dico con fermezza. "E tu mi ubbidirai."

"Adoro che tu conosca la parola *fortezza*..." mormora *en passant* divertita.

Non riesco a trattenere la risata che mi tuona in petto, ma per coprire lo scivolone fuori dal personaggio le do una sculacciata.

Geme piano. Le abbasso del tutto gli shorts, così può levarseli e spalancare le gambe. Quando le infilo il medio fra le cosce, vi trovo un miele denso.

L'uccello mi preme dolorosamente contro alla cerniera dei pantaloni dello smoking. "Pare che tu me l'abbia preparata proprio bene..."

"Mmm," concorda.

"Dovrò comunque scaldarti il didietro. Il deretano, anzi. Si dice così, no, *deretano*?" chiedo più forte.

"Sì, *deretano*," fa con una risata trafelata.

Le do una sculacciata un pochino più potente stavolta. "Non riderà ancora a lungo, milady."

Irrigidisce la schiena, perciò le accarezzo in cerchietti

lenti il sedere finché non si rilassa di nuovo. L'accarezzo fra le gambe con un lungo passaggio lento. "Quando avrò finito con te, sarai prontissima per il pisellone vichingo." Le infilo il grosso medio nell'ingresso per allargarla.

Geme ancora; inarca la schiena e alza il sedere all'aria, desiderosa.

Il dito entra fino alla prima nocca. "Brava," la lodo.

"Credevo di essere cattiva."

"Ah, allora *le vuoi* le sculacciate, eh?"

Estraggo il dito per darle ciò di cui ha bisogno: comincio con un ritmo fermo che alterna le natiche concentrandosi sulla metà inferiore, dove si siede.

"Ah! Ahi!" Una mano le vola al sedere per coprirsi, e le permetto di fermarmi. Poso la mia sulla sua e gliela stringo. "Mmm," geme con fare licenzioso.

"Hai ancora voglia di scappare, principessa?"

Già credevo ne avesse abbastanza di sculaccioni, invece risponde petulante: "Sì."

Rido. Le faccio riscivolare le dita fra le cosce. "Allora ti serve una vera scopata vichinga." Il medio adesso entra più facilmente. Il suo corpo si sta preparando ad accogliermi. Riesco a infilarci la seconda nocca, poi tutto.

Geme.

La pompo, poi estraggo il dito per spalmarle i succhi sul clitoride. Mi si agita in grembo; il carnoso culetto rosso è uno spettacolo incredibile...

Reclamala.

L'orso è pazzo. È rimasto prigioniero troppo a lungo. Non solo non lo faccio uscire mai, ma negli ultimi anni non ho fatto abbastanza sesso. E adesso che mi sono messo in braccio una donna nuda e bellissima, vuole che la reclami.

Le raccolgo altra umidità all'ingresso coi polpastrelli e ne spalmo un po' anche dietro. Strizza le natiche per tenermi alla larga. "Le vere scopate vichinghe prevedono tutti i buchi." Le rifilo una sculacciata alla natica destra. "Nella figa... come la chiamano i vichinghi? Nel fiorellino santo..."

Ride. "Passera."

"Ah sì, ecco cosa voglio scoparmi. La succosa passera rosea." Contento, l'accarezzo sulla fessura zuppa. Poi le do una sculacciata all'altra natica. "E anche questo carnoso culo perfetto... cioè, deretano."

Serra ancora le natiche.

Non ho davvero intenzione di sverginarla anche dietro stamattina – ma con l'improvvisazione questo m'è uscito, quindi insisto.

"E qual è il terzo buchetto?" domanda.

Altro sculaccione. "Che colombella adorabile e innocente... la bocca!" La sculaccio ancora, più volte, scaldandole accuratamente la pelle fino a farle prendere un luccicore rosato. Poi la premio con un'altra carezza fra le gambe. "Il terzo è la bocca. Potrei anche cominciare da lì..."

Ripeto: non parlo sul serio. Mai lo infilerei nella bocca di una vergine che se n'è rimasta anni rinchiusa in una torre e probabilmente non ha mai neanche baciato un uomo! Potrei terrorizzarla!

Adesso riesco a penetrarla tranquillamente col medio, che muovo dentro e fuori – il che sembra farla impazzire. Geme e mi sculetta in grembo, facendomelo diventare durissimo e facendomi versare le prime gocce nei boxer.

"Ok, principessa." Lo estraggo per darle un ultimo colpo al culo. "È ora che il vichingo faccia a modo suo."

Mi alzo e la prendo per rigirarmela nelle braccia. La riporto in camera, dove stamattina ho avuto il piacere di farle da guardia.

La butto al centro del letto e pesco la cravatta dalla tasca dei pantaloni.

Le ciocche scure le ricadono sulle spalle. È arrossata in viso, ha gli occhi vitrei di sculaccioni. E labbra piene tutte da baciare...

Arretra sul materasso, come per scappare ancora. Non so se reciti, ma ha una piega maliziosa sulla bocca.

Lego le due estremità della cravatta e do una sferzata. Nell'istante in cui cerca di scattare verso il bordo del materasso le agguanto la caviglia e la ritrascino indietro. "Dove credi d'andare, bella colombella?"

La prendo dai polsi per legarli insieme.

Mi esamina in quel suo modo intelligente. " Come fai a sapere che il mio nome significa *colomba*? Parli spagnolo?"

Annuisco. "Non bene. Ma conosco in modo passabile una dozzina di lingue."

Fa scattare in su le sopracciglia.

"Fra cui il vichingo." Le faccio l'occhiolino.

Ride – ci speravo. Lo so che sarebbe il norreno, eh.

Mi sbottono la camicia. Era già aperta in gola e mezza fuori dai pantaloni, spiegazzata dalla veloce fuga e perché ci ho dormito. Paloma si tira seduta e mi osserva.

Quando tolgo la canotta mi guarda i peli del petto sfregandosi le labbra. Sbottono i pantaloni e me li levo insieme ai boxer di seta. Salta fuori l'uccello, sull'attenti. Pronto a entrare in azione. Pulsa piano da quando mi ha messo la mano sui pantaloni, ieri sera. Ormai ce l'ho così duro che temo mi esploda.

Paloma vi lascia ricadere lo sguardo, e anche se sgrana di nuovo gli occhi non sembra intimorita. Be', non che ne sappia granché però.

Salgo sul letto e le prendo i polsi legati insieme. Glieli sollevo oltre la testa, poi li uso per metterla lentamente supina. Tenendoglieli bloccati sul materasso, la paro giù per un lungo bacio lento.

"Mmm." Si contorce sotto di me.

Che corpo morbido e godurioso... adoro le sue curve. Ha attorno alle ossa abbastanza carne da riempirmi le mani.

Le prendo un seno e lo strizzo. Abbasso la bocca su un capezzolo e vi faccio roteare la lingua, poi lo succhio forte. Lascio che i denti le graffino la pelle quando lo mollo per passare all'altro.

Reclamala.

L'orso fa baccano per attirare la mia attenzione, ma non me ne resta un briciolo per star dietro alle sue pretese: è il bellissimo corpo di Paloma a prendersi tutta la mia concentrazione.

Vado giù, le spingo in alto le ginocchia e gliele spalanco per leccarle il morbido sesso. Ancora gocciola dalle sculacciate, e il sapore del suo miele quasi mi fa tramutare seduta stante!

No. Lo tengo a cuccia con ancor più ferocia. Batto forte le palpebre per far tornare gli occhi normali.

Niente normali, ringhia.

Gli sbatto sul muso la porta della gabbia come imparai a fare quando mi trasferii a Manhattan. Lo soffoco, lo rinchiudo in una minuscola scatolina sotto alla pancia, da dove non può uscire.

Devo potermi concentrare su Paloma. Vuole veder realizzata la sua fantasia – e io ho tutte le intenzioni di rendergliela perfetta.

Le faccio scivolare la lingua fra le labbra, attorno a quelle interne, e la passo in vortici sul clitoride. Funziona, ma stavolta riesco a infilarle dentro il pollice mentre glielo succhio.

Ansima e si agita per ospitarmi. Non sento resistenza però. Non ci sono ingressi da forzare. È solo stretta.

"Mi prenderai il pisellone vichingo, colombella?" Addio direttore di fondi speculativi di Wall Street... e benvenuto ruvido orso selvatico del Nuovo Messico! Ops. Dovevo fare il vichingo, mica l'orso.

Mai l'orso. Non posso tornare ai giorni in cui aveva più controllo di me.

"No." Scuote il capo, e per un attimo penso dica sul serio... poi però mi rendo conto che ancora recita la parte della sottomessa, della costretta, della damigella innocente che mai lo farebbe di sua volontà.

Si capisce perché esagera. Sbatte qua e là la testa con violenza e mi spinge via coi polsi legati... tirandomi al contempo a sé con le ginocchia.

"La parola di sicurezza è *orso cattivo*," le dico prima di aver modo di autocensurarmi. Non avevo mai detto a nessuno particolari su di me. Soprattutto il nome della montagna da dove vengo o la bestia che costituisce la mia vera natura.

Ma Paloma è diversa.

Compagna, insiste l'orso.

Mi fa un cenno affermativo veloce, confermando che avevo ragione nel non vederci un no vero.

Le divarico di più le ginocchia per piegargliele e ficcarle un cuscino sotto i fianchi.

"Così posso prenderti in brutale profondità," l'avverto.

"Non mi sottometterò mai!" strilla, come la principessa catturata che si finge.

Alzo un sopracciglio severo. "Oh, ti sottometterai invece, mia adorabile sposina rapita. Ti sottometterai ogni notte finché non ti avrò riempita del mio vichinghino gigantesco."

Le sfugge una risata trafelata. Il peso le fa ricadere i seni sui lati. Ah, che voglia di venerarne il corpo per il resto della vita...

Le do uno schiaffetto a uno – non tanto forte da farle male: solo per sorprenderla. Fa guizzare lo sguardo al mio viso e vi resta incollato, come mi osservasse per capire il seguito.

Ripenso a quel che ho detto, e mi rendo conto di non volerla ingravidare davvero. Anzi, sì, ma magari è lei a non volerlo.

Le punto un dito contro. "Non muoverti, principessa." Scendo dal letto per prendere un preservativo dal portafoglio.

Lei fa per scappare e rotola giù dal letto dall'altro lato.

Le sparo un sorrisino furbo e mi piazzo ai piedi della struttura per bloccare la strada. "Ti ho messa all'angolo, principessa."

Si ributta sul letto e lo attraversa in rotolata. Devo riconoscerglielo: è sveglia, coraggiosa e agile.

Difficile immaginare che Thompson possa averla tenuta prigioniera per anni. Trovo strano che una donna brillante, testarda e audace come questa non abbia mai trovato il modo di sfuggire dalle sue grinfie.

Da me però non scapperà. Sono un orso. Li credono tutti lenti e sgraziati, ma dietro ogni movimento incameriamo tanta potenza da percorrere grandi distanze in un attimo. Un passo e arrivo accanto al letto per prenderla al volo.

Si aggrappa alle mie braccia e leva su di me gli occhioni nocciola.

Devo trattenere uno spasmo del labbro per fingermi contrariato. "Così ti sei guadagnata un'altra sculacciata, principessa."

La ributto sul materasso e la giro sulla pancia; il cuscino, perfetto sotto ai fianchi, le alza il sedere.

Le do qualche botta e strilla. Mi fermo per massaggiarle via il dolore. "Questo cercavi, altezza?" Glielo strizzo e ne impasto le morbide natiche, prima di rifilarle altri tre schiaffoni. "Avevi bisogno di sentirmi la mano sul deretano?"

"No," trilla.

"Bugiarda." La rotolo per passarle il pollice sulla fessura e verificare che sia ancora viscida e pronta. Mi fa male il pisello. Vorrei seppellirglielo nella fighetta perfetta.

Ma è la sua prima volta: devo far con calma.

"Adesso ti faccio mia." Sappiamo entrambi che recito – quanto suonano giuste però queste parole!

Il mio tocco la fa rabbrividire.

Apro il preservativo e lo srotolo. "Ti farò godere, principessa. Lasciati andare e fammi prendere il controllo."

* * *

Paloma

Incombe su di me, i potenti muscoli che si flettono quando posa una mano sul materasso.

Mi tocca, e mai avrei pensato che le sue brusche dita sapessero essere così delicate. Mi schiude le pieghe come aprendo i petali di un fiore. Mi ha già fatta venire due volte, perciò so che sa il fatto suo.

Alzo i polsi legati e lui afferra la cravatta per assicurarla al letto – la rapidità di movimento e la disinvolta dominazione uniti alla sensazione di essere legata mi fanno esplodere il calore in mezzo alle gambe.

"Ah, ti piace..." mormora. Mi stuzzica l'ingresso con lenti cerchietti di un dito.

"Come fai a saperlo?"

"Ti sei bagnata di più." Me lo affonda dentro e ne aggiunge un secondo guardandomi in faccia. Sento una fastidiosa fitta seguita da un'altra ondata di calore, mentre mi abituo all'intrusione.

Poi piega il dito per massaggiarmi la parete interna. Mi arrosso in faccia e socchiudo le labbra. I fianchi mi si alzano dal letto mentre mi accarezza in modo seducente.

"Così, principessa." Mi molla il polso per aggiungere un altro dito. Mi sento stringere attorno a lui. Mi sta montando qualcosa dentro. Ho l'impressione di correre verso il culmine, ma ho bisogno di più stimolazione.

"Di più," gli dico. "Mi serve di più."

"Così?" Aggiunge un altro dito e vorrei tanto ondeggiare in avanti per spingermele tutte più dentro!

"Non basta."

Le estrae tutte quante e mi scappa un gemito di disapprovazione. Mi mostra i polpastrelli luccicanti, poi se li avvolge all'uccello coperto. "Allora sei pronta."

S'avvicina e mi copre col suo corpo. La gran massa di muscoli mi preclude qualsiasi altra visione. Ne fisso l'elegante clavicola, giù fino alla base grossa del pene. È enorme, lungo, largo – spunta da un dorato cespuglietto ispido. Lo impugna e mi strofina la cappella addosso. È bagnato e bollente, e so che sarà una vera goduria...

"Dai." Scatto in su, e mi ripiglia i polsi.

"Calma, colombella." Nella sua presa le vene pulsano.

L'ampia estremità dell'uccello si spinge contro il mio buchetto striminzito, e quando mi allarga inspiro forte. Non lotto per farlo entrare di più – non ancora.

Poi fa qualcosa d'inaspettato. Abbassa la testa per prendermi il retro del collo fra i denti. Mi bacia la pelle facendomi il solletico con la barba dura. Rabbrividisco; mi lecca dove batte il cuore. Insieme alla penetrazione, basta a far cominciare l'eruzione del vulcano che ho dentro.

"Oddio," ansimo. Mi si alza il petto, i capezzoli s'inturgidiscono e mi danno prurito. M'inarco in avanti e gli sfrego i seni sul petto. I peli ispidi mi graffiano i capezzoli teneri – stimolazione che fa aumentare la tensione che mi monta dentro. Comincio a vibrare tutta, a rabbrividire fuori controllo.

Scivola in avanti – i miei fluidi setosi gli semplificano la cosa. Che goduria di dolore… mi tremano le gambe e gliele aggancio ai fianchi potenti per spronarlo a entrare di più.

Lui si regge su di me, ogni singolo muscolo si fa sentire per l'immenso sollievo. La mascella è rigida, come digrignasse i denti e si costringesse a conquistarmi lentamente. Il rossore gli sale fino agli zigomi. Sotto alle burbere sopracciglia bionde luccicano occhi d'ambra. È l'uomo più bello che abbia mai visto.

Abbasso lo sguardo. Me l'ha infilato dentro solo per metà. Gli ficco i calcagni nelle fossette sopra le natiche sode. Lui mi fa scivolare le mani sotto al sedere per mettermi i palmi sulla pelle punita. È attento, ma i calli ruvidi delle dita beccano un punto dolente. Spingendomi all'esplosione.

Scoppio nell'orgasmo. Vengo tremando, e i muscoli interni gli strizzano il pisello. Mi serro in due, come se il suo pene fosse divenuto una parte di me.

Ringhia – verso che mi romba dentro, innescando altre scosse. Trasalisco nel tentativo di riprendere fiato… e lui mi entra tutto dentro. Mi libro in nuove vette in un climax infinito…

Abbassa il capo per baciarmi. Le labbra ferme si muovono sulle mie per conquistarmi, dominarmi. Gemo, allora m'infila la lingua in bocca in spinte che vanno a tempo con l'uccello – il ritmo mi pompa di nuovo una deliziosa tensione nel ventre.

"Sei una meraviglia, principessa," mi mormora contro la bocca. Sospiro; mi mordicchia le labbra. "Sei nata per prendermelo tutto."

Oddio... ma vengo ancora?! Mi sa che non avevo neanche smesso...

A fondo, mi sbatte lentamente. Io mi muovo con lui, lasciando allungare il corpo in modo che mi scenda fra le cosce. Mai avrei creduto di riuscire a prendere qualcuno così. Né mai avrei pensato fosse tanto bello.

I peletti del petto m'irritano la pelle morbida. A caccia d'ulteriore stimolazione, mi piego su di lui.

"Piano, colombella. Ti darò tutto ciò di cui hai bisogno."

Si issa su un gomito per mettermi la manona sul collo. Stringe appena, a tempo con la levata dei fianchi. Dovrei prenderla per una minaccia, invece mi piace – come se invece di bloccarmi mi liberasse.

Mi si serrano i muscoli interni, glielo stritolo, e geme. Lascia ricadere la testa all'indietro facendosi finire i capelli in faccia. Non so come, ma adesso sono più lunghi. Sembra davvero un guerriero vichingo.

"Mi manca poco," fa a denti stretti. Gli ficco le unghie nella schiena – ho voglia di segnarlo. Negli occhi gli passa un lampo luminoso, disumano. "Vieni con me." Per puntualizzare l'ordine mi stringe più forte la gola. Al contempo mi sbatte forte, mandandomi in volo. Lo schiaffo del suo corpo contro il mio mi stimola il clitoride. Comincio a vedere le stelle.

Viene con un ringhio. L'uccello mi pulsa nel profondo e riempie il preservativo di seme.

"Paloma," grugnisce. Travolta dalla venerazione che gli trasuda la voce, chiudo gli occhi.

Esce e si alza su di me in tutta la sua gloria sexy e abbronzata. Mi si spalancano le gambe per mostrargli la fighetta scopata di fresco. L'enorme pene, ancora coperto, luccica dei miei succhi – cavolo, che voglia che mi prenda dai capelli per portarmi la bocca lì, per costringermi ad assaggiare il miscuglio dei nostri nettari!

"Adesso sei mia," tuona. "Dillo."

"Sono tua." So che fa parte della fantasia, che non è vero niente, ma nel dirlo sento un legame sfrigolare fra noi.

Il vichingo mi ha depredata. E voglio lo rifaccia.

Capitolo sette

P *aloma*

Tira la cravatta che mi lega i polsi e mi libera. Mi massaggia le strisce rosse rimastemi sulla pelle e mi bacia le dita. Se ne va un attimo e torna senza preservativo ma con un bicchiere d'acqua fresca, che mi porge.

Bevo assetata mentre mi accarezza col largo palmo dappertutto. Mi ha lasciato segni ovunque. Ho il petto arrossato e qualche segno sbiadito ancora sul sedere. Lo preoccupano. E vedere il mio gigantesco vichingo accigliarsi per un lieve ematoma sul fianco basta a farmi sciogliere.

Mi posa la mano sulla pancia per prendermi le curve. Dovrei vergognarmi del grasso in più, e invece no. Darius mi fa sentire come avessi un corpo perfetto – così com'è. "Tutto bene?"

"Benissimo. È stato... fantastico." Non c'è lingua al mondo che possa descriverlo! "Grazie."

"È stato un onore." Mamma mia, quant'è serio...

Mi sporgo per baciarlo sul mento. Lui mi prende la testa nelle manone per guardarmi profondamente negli occhi. Gli restituisco lo sguardo, ne esamino il grigio screziato d'oro delle pupille. Durante il sesso splendevano tantissimo... dev'essere stata un'impressione. Ma cos'è poi tutta questa barba?

Il momento viene interrotto dal mio stomaco. Che brontola forte.

Con una risatina, Darius mi dà un bacio in fronte. La barba ruvida mi fa il solletico.

"Vado a vedere se riesco a recuperare un boccone per la mia principessa."

Faccio per alzarmi e dirgli che vengo con lui, però mi gira sul fianco e mi sculaccia. "Sta' qui."

Risprofondo nel letto sfarzoso assaporando il languore delle mie membra.

Come sparisce oltre la porta però la realtà mi piomba addosso.

Mi sono divertita. Ho scelto e controllato chi mi doveva sverginare e come. È stato uno spasso. Meglio di quanto avrei mai potuto immaginare.

Ma è finita.

Thom avrà messo ogni sgherro alle sue dipendenze sulle mie tracce. Per non parlare di Wren! Raggelo nel pensare a cosa potrebbe farle non mi facessi subito sentire. Al momento è in viaggio col coro della scuola, ma può farla rapire e restare fedele alla minaccia.

Voglio la libertà, ma non a scapito della sua vita.

E non voglio sulla coscienza nemmeno Darius.

Devo fare qualcosa. Mi alzo e m'infilo la button down nera di Darius sul pigiama succinto. Gli rovisto in tasca in cerca delle chiavi della macchina, ma non le trovo.

Non fa niente. Siamo in una zona di vacanza, certo, ma sulla principale passerà pure qualcuno. Devo solo arrivare a un telefono per chiamare Thom e disinnescare la bomba.

E non ho molto tempo.

Sento Darius uscire sul portico che dà sull'oceano. Parla al telefono. "Grazie, bello," fa. "Davvero." Mi dà le spalle per guardare l'acqua.

Ne approfitto per partire di corsa. In cucina c'è una seconda porticina, e punto a quella... quando la luce si riflette su qualcosa di metallico. Chiavi trovate.

Mi concedo pure il tempo di scrivere un bigliettino.

Grazie del salvataggio, caro vichingo, ma devo tornare indietro. Stringerò un patto con Thom perché non ti faccia niente e lo convincerò che è stata una fuga dettata dai fumi dell'alcol.
Besos,
Paloma

Esito nello scivolare oltre la porta del garage. Non so guidare: Thom non mi ha mai permesso di imparare. Peccato che nei dintorni non ci siano scuderie – sui cavalli mi sento decisamente più a mio agio.

Ma dai, su: quanto sarà difficile?

Premo il pulsante che apre la saracinesca. Ah! Non sapevo facesse tanto chiasso! Mi sentirà sicuramente. Mi precipito all'auto sportiva, quella rubata, mi piazzo al volante e avvicino il sedile per arrivare ai pedali.

E come si avvia un motore senza chiave? Premo pulsanti finché non romba, poi ingrano la retro – o almeno ci provo: non si muove. Scuoto l'aggeggio.

Un piede mi finisce su un pedale e la marcia si sposta di colpo.

Col cuore che martella, l'abbasso sulla retro e pigio più forte il pedale.

Niente.

Ok. Cambiamo predale. Lo schiaccio fino in fondo.

Funziona! La macchina sbanda in avanti, le gomme stridono quando schizzo fuori dal garage... troppo velocemente.

Sbatto contro qualcosa.

Merda.

Merda! Mi porto la mano alla bocca. Ho preso Darius!

Spalanco la portiera, ma l'auto sobbalza di nuovo in avanti.

Darius ha le mani contro l'aletta – e ha sollevato le ruote posteriori per fermarla.

"Metti in folle! La P" sbraita.

Passo alla P e sobbalza ancora, poi si ferma.

Abbassa le gomme mentre smonto. Alza un sopracciglio sexy. "Dove andavi di bello, principessa?"

Inspiro forte e mi chiedo se mentirgli.

No, merita la verità. Non voglio che finisca col farsi ammazzare per fare l'eroe.

"Devo tornare indietro."

* * *

Darius

"*Cosa?!*"

L'orso cerca di liberarsi dalle catene. L'abortita fuga lo sta facendo impazzire.

Nonché il fatto che voglia *tornare indietro*.

Scoppia, vuole sbrindellare con gli artigli i muri del garage dal quale Paloma è mezza uscita.

"No," dico prima che possa spiegarsi. "Col cazzo che torni indietro."

92

"Darius, c'è sotto dell'altro che non sai. Thom mi minaccia."

Tutto in me s'immobilizza. L'oscura punzecchiatura del pericolo s'infiltra sotto alla rabbia dell'orso. "Che intendi?"

"Ha mia sorella. Ha detto che se avessi provato a scappare di nuovo sarebbe morta."

Ghiaccio m'inonda le vene. Digrigno i denti. "Dov'è?"

"In un collegio del Connecticut."

Annuisco. "Allora chiamiamola subito."

"*No!* Non capisci..." Le mie parole non l'hanno mica consolata, eh.

"Spiegati."

"Non le lasciano tenere cellulari lì e ha solo la rete internet della scuola, quindi non posso contattarla."

"Allora ci andremo. Il Connecticut è a solo un'ora da qui."

"Ma è più complicato di così! Adesso è in Irlanda, in viaggio col coro. Dobbiamo capire come fare a trovarla prima di Thom."

Merda.

Paloma è una guerriera all'ennesima potenza: mandibola serrata dalla determinazione, occhi fiammeggianti d'ira. Sarà anche la principessina della torre, ma non è certo un fiorellino che aspetta d'avvizzire.

"E poi senza farmaci morirò. Fra due giorni mi verrà un arresto cardiaco."

L'animale cerca di esplodermi ad artigliate.

A cuccia.

Cazzo. Le medicine che puzzano di tossico. Avrei dovuto ricordarmele.

"Ok. Prenderemo i farmaci. Come si chiamano? Mio fratello è medico – può farti la ricetta."

Scuote il capo. "Non è una ricetta normale. Il dottor Handel li crea da solo. La miscela è sua, tipo."

Aggrotto di colpo le sopracciglia. "Che diagnosi ti hanno fatto di preciso?"

"È una forma di emofilia."

"Ok. Ti prenderemo la medicina. E troveremo tua sorella." Mi guardo intorno – non mi piace stare con lei allo scoperto così, soprattutto con la targa di un'auto rubata in bella vista. "Rientriamo e troviamo qualcosa da mangiare. A stomaco pieno prenderemo decisioni migliori."

Si guarda intorno anche lei ma alla fine annuisce, e l'orso allenta la presa.

"Arrivo subito. Rimetto dentro la macchina." Chiamo Kylie Jackson, la gatta hacker di Tucson. Nel mondo mutante ha la fama di risolutrice.

Paloma ha già pescato dalla dispensa una confezione di pasta al formaggio e una scatoletta di tonno; sta anche scaldando una pentola d'acqua.

"Senti, mi serve un favore," le dico dopo averle ricordato chi sono. "È questione di vita o di morte. Devi individuarmi la studentessa di un collegio del Connecticut – è un posto che limita i contatti col mondo esterno, quindi non ha il telefono."

"Non dovrebbe essere un grosso problema."

"Be', te lo complico subito: è in viaggio scolastico in Irlanda."

"Non fa niente. Significa scia di documenti per la dogana."

"Sai hackerare le dogane?!"

"Certo. Come si chiama la ragazza?"

Accanto a me, Paloma ascolta. "Wren Castillo."

"Wren Castillo," ripete la gatta – l'udito mutante l'ha

sentita. "Vedrò quel che riesco a scoprire. E uno dei miei contatti sta già venendo a lasciarvi spesa e vestiti."

"Grazie ancora. Vi devo molto."

"Eccome."

Non mi preoccupa granché un debito col quel lupaccio del suo compagno.

I lupi non sono suonati come i vampiri. Non c'è da preoccuparsi a dover restituire un favore a loro. Sono in buoni rapporti con Jackson King e quell'altro miliardario – Brick Blackthroat. Il cugino Aiden Adalwulf è invece un'altra storia: quello lì è più inquietante di Thom Thompson.

L'acqua comincia a bollire, e Paloma vi svuota la confezione di pasta e imposta il timer sugli otto minuti.

Mi avvicino da dietro e le poso con leggerezza le mani sui fianchi. "Allora, cosa mi sono perso, Raperonzolo? Thompson traffica in schiave del sesso?" chiedo. "Ne vende all'asta delle altre?"

Dà uno scossone del capo. "No."

"Solo tu? E perché adesso? Cos'ha di speciale la tua verginità?"

Si volta verso il fornello per nascondere il viso.

Avevo capito che mi stava nascondendo ancora qualcosa – un segreto che non vuole dirmi.

Mi piazzo dritto dietro di lei. "Che sta combinando?" Parlo a bassa voce.

Si gira lentamente. Mi porta le mani al petto. Non so se per spingermi via o per alzare la testa in un bacio. Esita.

"Puoi fidarti di me, Paloma... di qualunque cosa si tratti. Posso aiutarti solo sapendo che succede."

Inspira forte e annuisce, come decisasi. "Hai presente quel film in cui il bambino vede la gente morta?"

"*Il sesto senso?* Sì."

"Io vedo le aziende morte."

Alzo le sopracciglia. "Che intendi?"

"In terza media l'insegnate di economia ci fece fare del trading simulato. Si scoprì che ho talento. Ho intuizioni sulle aziende che usciranno dagli affari... e ho imparato a venderle allo scoperto."

"In *terza media?!*"

Ride. "Sì. Anche la mamma faceva questo lavoro, quindi ce l'ho nel sangue. Fu tanto orgogliosa di me che mostrò la mia opera al suo capo."

"Thompson."

"Sì. Si offrì di farmi da mentore. Voleva scoprire che metodi utilizzassi. Nessuno, ovviamente – era puro intuito."

Le si velano gli occhi e incrocia le braccia sul petto, come a proteggersi.

Le stringo le spalle. Per forza Thom ha il fondo speculativo più grosso del mondo: ha scovato una sensitiva di talento e l'ha schiavizzata!

"I miei morirono non molto dopo in un incidente stradale. Thom questo fine settimana mi ha detto averli fatti ammazzare lui." Rabbrividisce, allora me la prendo fra le braccia e le poso la guancia contro il mio petto.

"Cazzo, Paloma. È orribile."

"Poi mi mise sottochiave. Da allora lavoro per lui. La libertà di Wren... e adesso persino la *vita* di Wren dipendono dal fatto che non fugga. Mi ci fa parlare a malapena. L'unico mio piacere sono le chiamate della domenica a lei." Fa spallucce. "E cavalcare Starlight nel fine settimana." Leva gli occhioni nocciola sul mio viso. "E i romanzi rosa d'ambientazione storica. Sai... le fantasie sui giganteschi vichinghi sverginatori..."

Sorrido – quant'è civetta... – ma mi passa quando mi rendo conto della vita orrenda che deve aver fatto. Non so come faccia a rimanere allegra. "Quindi l'asta non era solo per la verginità."

"No. Doveva essere un prestito del mio talento tramite un finto fidanzamento. Che sarebbe stato chiuso entro un anno, quando sarei stata restituita a Thom.

"Giovedì sera ho cercato di scappare, ma mi ha catturata. È stato allora che mi ha detto che avrebbe ucciso Wren se fossi fuggita di nuovo. E ieri mi ha svelato che all'asta si vendeva pure la mia verginità! L'intento era farmi *riprodurre* per vedere se sforno operatori di borsa bravi quanto me."

"Ma è... disgustoso. Perverso al massimo grado!"

"Credevo che anche tu fossi venuto per fare un'offerta..."

"Io non ne sapevo niente. Spero che tu mi creda!"

"Sì. Ho un buon istinto. Speravo segretamente che vincessi tu, perché hai qualcosa che mi fa sentire al sicuro."

Il cuore mi parte in quarta. Ma come ha fatto quest'umana a diventare improvvisamente tutto il mio mondo? "E *sei* al sicuro. Non ti permetterò mai di tornare in quel cesso di Lockepoint! Troveremo tua sorella e recupereremo il farmaco. Poi penseremo a come fermare Thompson una volta per tutte." L'orso tuona il suo consenso. Lo zittisco e mi massaggio lo stomaco nel tentativo di far passare il casino per fame.

Suona il timer, e Paloma leva la pentola dal fornello per scolare la pasta. Vi mescola formaggio e un po' di panna presa dalla confezione che ha aperto stamattina per il caffè.

Io trovo un apriscatole e mi occupo del tonno. Lo aggiungiamo alla pasta, ed ecco una cenetta da poveracci.

"Mi sembra di essere tornato all'università." Assaggio un boccone – mangio direttamente dalla pentola. Poi ricordo che Paloma non ha studiato, e l'animale quasi esplode in superficie. Digrigno i denti e curvo la testa per cercare di rispingerlo giù.

"Ah sì? E quale hai frequentato?" Si serve una scodella e la porta al tavolo della colazione, annidato nella nicchia della finestra che dà sull'oceano. È tutta presa dal pasto. Non sembra accorgersi della fatica che faccio io.

La seguo con la pentola. "Prima nel piccolo centro di formazione professionale vicino a dove abitavo. Poi ho studiato Economia alla Columbia." L'orso arretra abbastanza da permettermi di tirar su una badilata di pasta.

"E dove abitavi?"

"Nel Nuovo Messico." Non mi piace parlare della mia infanzia, ma con lei mi sembra giusto. "Sulle montagne."

"Io non ho mai visto le montagne," fa. "Ma l'ho sempre voluto." Adesso ammazzo Thom per averle sottratto tanto! Mi fanno male i denti – s'ispessiscono. L'orso è pronto a staccare a morsi qualche testa. Letteralmente. "Magari un giorno puoi portarmici..."

Il cuore m'inciampa. Ha progetti per noi. Solo che... io non la terrei al sicuro. Non a lungo termine almeno. L'animale è piuttosto agitato in sua presenza. "Magari." Odio fare l'ambiguo, ma ho giurato di non tornare più a casa. È troppo pericoloso. Nella natura l'animale si rafforza. Potrebbe prendere il controllo... e non ridarmelo più.

È come si chiudesse in volto. Finisce la cena e porta la scodella al lavandino per sciacquarla. "Be', pensiamo a Wren. E dopo... boh. Dovremo nasconderci."

Non riesco a ignorare la cupa determinazione che ha nel tono e, sotto, la punta di disperazione. Vado a mettermi dietro di lei e tendo le braccia per mettere la pentola nel lavandino. L'aiuto a finire di lavare i piatti e poi poso le mani sul ripiano, ingabbiandola. "Andrà tutto bene," le mormoro nell'orecchio.

"Come fai a saperlo?"

"Continuerò a badare a te." Le accarezzo i capelli, denudandole il collo. Il profumo d'orchidea si leva dalla sua pelle e mi fa venire l'acquolina.

Reclamala.

L'istinto mi sconquassa con più convinzione, stavolta. Stringo la presa sul banco per impedirmi di tirarmela addosso. Non è più solo l'animale a combattere per prendere il controllo: sono proprio io, pare.

Come se Paloma fosse davvero la mia compagna di fato.

Maledizione.

Mi sa che è proprio così.

Spiegherebbe perché per salvarla ho rischiato di perdere l'azienda e tutto ciò per cui ho sgobbato tanto a Wall Street. Ma non cambia nulla.

Non posso reclamare un'umana. L'orso è troppo selvaggio. Non mi sono mai concesso nemmeno relazioni.

Il massimo che posso regalarmi è questo momento d'intimità: scambiarmi con questa donna incredibile il calore del corpo, l'agio. Si appoggia a me. Non mi arriva neanche al mento. La cingo con le braccia, assaporando la bellezza di stringerla.

"Vorrei..."

"Cosa?"

Invece di rispondere si aggrappa al ripiano con un piccolo gemito. Si accascia contro di me.

La giro. Ha lo sguardo vitreo. "Paloma?"

"Non mi sento benissimo..." Gira gli occhi indietro e crolla.

"Paloma!" Vado a stenderla sul divano. È incosciente: il braccio è molle quando lo sollevo. Ricade. Le tasto il polso, che mi sfarfalla contro le dita.

Mi ha detto di essere malata e di aver bisogno della

medicina per non svenire. Credevo avessimo più tempo però.

Devo portarla da un medico – di cui mi fido.

E su questa terra c'è una sola persona che corrisponda alla descrizione.

Pesco il telefono e chiamo Sully. "Mi serve un altro favore. È un'emergenza." Spiego il piano infilando Paloma in macchina, e Sully promette d'organizzarsi.

"Resisti, principessa." Le aggancio la cintura e le do un bacio in fronte. La pelle ormai è appiccicaticcia.

Infrangerò tutti i record di velocità per arrivare alla minuscola pista dove Sully farà atterrare il jet privato. E da lì voleremo dritti nel Nuovo Messico.

Manca solo una telefonata.

"Darius? Sei tu, fratello?"

"Matthias." Mi preparo alla rabbia, ma sembra solo curioso. "Mi serve il tuo aiuto. Ti porto una persona. Un'umana. Ha bisogno di cure. È... importante. Per me."

Pausa. Durerà solo pochi secondi, ma sembrano anni. Osservo il petto di Paloma alzarsi e scendere di respiri affaticati.

Finalmente dice: "Intendi che..."

Sto per chiudere quest'esilio autoimpostomi per tornare dove avevo giurato di non mettere più piede.

Sulla montagna Bad Bear.

"Sì, fratello. Torno a casa."

Capitolo otto

Paloma

Mi svegliano dei colpetti. Schiudo gli occhi e li strizzo per via della luce. Le immagini sfocate si definiscono fino a diventare delle tende verdi che incorniciano una finestra piena dell'allegra luminosità solare.

Ho un debole dolore alla testa e mi duole il petto, ma a parte questo sto bene. Muovo braccia e gambe – par funzionare tutto.

Mi tiro seduta. Mi trovo su un lettone che riempie una stanzina minuscola. Le pareti sono di marroni assi di legno e il pavimento di grezzo pino striato di marrone mielato. Scosto la pesante coperta di plaid che mi copre e noto le lenzuola verdi coordinate alle tende... con un motivo di mini orsetti bruni.

L'unico altro mobile è il piccolo comodino con la sua lampada – ah, c'è anche una flebo con la sacca piena di liquido chiaro. Nella piega del gomito destro ho una piccola benda che mi dice che a un certo punto devono averci infilato un ago.

Non c'è segno né di Darius né di altri. Sono in una baita

di legno che profuma di pino e fumo... e qualcuno sta giocando al dottore."

Non so che succeda, ma ho intenzione di fuggire. Dietro alla grande porta chiusa si mormora, perciò faccio scendere le gambe dal letto verso la finestra.

Devo fermarmi e chiudere gli occhi – ho le vertigini. Mi hanno drogata o sono solo indebolita per via dei farmaci?

Non appena posso, mi tiro su. Non indosso altro che una camicia di flanella scolorita. È abbottonata a metà e tanto larga che quando mi alzo mi arriva a metà coscia.

Tap, tap, tap... c'è qualcosa alla finestra. Vado lì scalza e vedo far capolino la luccicante testolina scura di un corvo che picchietta sul vetro spesso col becco nero. Si gira e strilla, poi spicca il volo in un turbinio di ali.

Strano.

La finestra dà su un prato a ciuffi costeggiato da file di pini. Oltre i grossi rami innevati si vede il pendio di una montagna, magnifico sotto al cielo terso e azzurro.

Mozza il fiato. E terrorizza. Ma come sono arrivata qui? E quant'è che sono rimasta priva di sensi?!

Dalle crepe tutt'intorno alla finestra viene un piccolo spiffero. Arretro dai brividi, ma non prima che un'enorme ombra mi piombi addosso. Non capisco bene cos'è finché non scorgo un testone arruffato abbassarsi – la creatura poi mi guarda con perlacei occhi neri.

Strillo e salto indietro. Non avevo mai visto orsi fuori dagli zoo, ed eccolo qua: lui mi osserva come chiedendosi se spaccare il vetro con la zampona per divorarmi.

Alle mie spalle, la porta si spalanca di colpo. "Paloma!" È Darius. Barcollo da lui, che mi prende in braccio. "Che c'è? Cos'è successo?!"

"Ah!" Cerco di prendere fiato – mi sento scema ad aver urlato come una pazza. "C'era un orso." Punto il dito.

"Guardava dentro." Non c'è più, ma lo vedo arrancare per il campo nevoso. È enorme. Non sapevo ce ne fossero di così grossi.

"Tranquilla," mi consola. "Avrà più paura lui di te che tu di lui."

Dici? "Puoi anche mettermi giù. Sono solo scossa."

Pare riluttante, però mi accontenta. Osservo il bestione arrivare ai confini del campo e alzarsi sulle zampe posteriori. Piomba giù una piccola figurina scura: è il corvo che gli atterra sulla spalla.

Be'?! Perché mi sembra di essere finita in una fiaba? Sono passata da Raperonzolo a Biancaneve, mi sa…

I due spariscono fra gli alberi.

"D-Dove siamo?" Torno a girarmi verso Darius. S'è rasato e tolto lo smoking che tanto mi faceva sbavare. Adesso me lo fa fare alla maniera opposta: con pesante camicia di flanella e jeans sbiaditi. È a piedi nudi. Il plaid marroncino e azzurro è coordinato alla camicia che ho addosso io.

"Nel Nuovo Messico. A Bad Bear."

Mi gira la testa – è troppo da mandar giù! L'ultima cosa che ricordo è che stavamo nella cucina del rifugio sulla spiaggia di Rhode Island. E adesso siamo a duemila miglia di distanza a… come l'ha chiamato? *Bad Bear?* "*E perché?!*" sbotto nello stesso momento in cui ricordo che la parola di sicurezza che mi aveva dato era proprio *orso cattivo*.

Dev'essere casa sua. "Sei svenuta e ho dovuto trovarti un medico."

"Nel *Nuovo Messico*?"

"Un medico di cui mi fidassi."

"Giusto. Tuo fratello." Mi sta tornando tutto in mente: ha detto che suo fratello può farmi la ricetta.

"Sì."

"Ha… ha trovato il farmaco giusto?"

Ha un'aria turbata. "Lascerò sia lui a dirti cos'ha scoperto."

Batto le ciglia. "No, dimmelo tu. Che c'è?"

"Vieni." Mi prende per mano per condurmi fuori dalla minuscola cameretta, nel soggiorno.

Nel focolare brucia un fuoco che dà un'aria accogliente alla casa. Al tavolo della cucina c'è un uomo con addosso una button-down bianca e fresca di bucato e degli occhiali dalla montatura nera. Quando arriviamo noi si alza, e mi accorgo che è persino più alto di Darius. A parte l'altezza però non vedo somiglianza. Non sembrano fratelli... se poi sono parenti biologici. Ha la pelle scura ed è più snello.

"Ciao, Paloma." Ha una voce profonda come quella del mio vichingo. "Mi rallegra vederti sveglia."

"Ti presento mio fratello Matthias." Darius mi sprona ad avanzare tenendomi una mano rassicurante sulle reni.

Tendo la mia a Matthias. "Grazie delle cure."

"Figurati. Ti senti più in te?"

"Mi sento un po' debole e stordita," ammetto. "Sei riuscito a riprodurre il farmaco?"

"Ah sì, a proposito..." Adesso ha la stessa espressione di Darius.

"Be'? Che c'è?" Faccio guizzare lo sguardo da un gigante all'altro. La pelle d'oca che mi scoppia sulle braccia mi dice che c'è qualcosa che proprio non torna...

Forse è una malattia mortale – peggio ancora di quel che dava a intendere Thom! Magari per questo voleva farmi riprodurre: perché qualcuno potesse portare avanti il lavoro quando io non ci fossi stata più.

Mi si rivolta lo stomaco, vengo percorsa da un'ondata di nausea. Quando vacillo Darius mi cinge la vita con un braccio e mi ridà l'equilibrio mettendomi il largo palmo sul fianco.

"Paloma, temo che tu non sia affatto malata." Si sistema gli occhiali. "Ti ho trovato una grande quantità di anticoagulanti nel sistema... insieme a molte combinazioni chimiche che potrebbero averti causato sintomi quali vertigini e spossatezza estrema."

"Anticoagulanti? Ma non hanno senso, vista l'emofilia..."

"No, infatti." Darius è cupo.

Lo fisso. Non capisco.

"Paloma, credo che il farmaco somministratoti non servisse a curarti," prosegue Matthias. "Temo fosse un veleno volto a renderti dipendente."

"E l'emofilia?"

Scuote il capo. "Non ne soffri. Ti ho dato un farmaco da me creato che ti farà guarire rapidamente. Contribuirà a far svanire rapidamente gli effetti del veleno... e poi staremo a vedere. Sospetto che tornerai in ottima salute."

Mi considero una tosta. Sono costretta a esserlo per Wren. Non perdo tempo in pianti né autocommiserazioni. Ma la vista mi traballa di lacrime davanti alla rabbia che provo per l'ennesimo tradimento. "Non... non sono malata? Non lo sono mai stata?" La piccola baita d'un tratto è troppo bollente, soffocante. Mi scappa una lacrima ustionante giù per la guancia prima che possa battere le palpebre per ricacciarla indietro.

Darius mi cinge col grosso avambraccio sulla vita per reggermi da dietro.

Lo spingo via però. Sono troppo furiosa per farmi toccare, al momento. "Devo..." Mi guardo intorno disperata.

Mi scruta preoccupato. "Cosa devi fare, principessa? Qualsiasi cosa tu voglia sarà tua."

Sono stufa marcia di sentirmi in trappola! "Devo uscire... a fare una passeggiata."

"Certo. Dai, ti troviamo dei pantaloni..." Fa per prendermi la mano, ma saggiamente lascia ricadere il braccio lungo il fianco e torna in camera. Lo seguo.

"Consiglierei riposo, cibo e fluidi, ma ci sta anche una boccata d'aria fresca," ci dice intanto piano Matthias.

Nella stanzina Darius apre cassetti grugnendo e rovistando tra i vestiti.

"È casa di Matthias questa?"

Pesca un paio di pantaloni lunghi della tuta. "No. È la baita vuota."

"È la tua, fratello," urla quello dal soggiorno. Pare che il suono viaggi bene, malgrado le pareti di grosso legno.

Darius dà un irritato scossone della testa. "No che non lo è." Me li porge. "Ti staranno lunghi, ma c'è il cordoncino per legarli in vita. Possiamo andare da Teddy, così puoi farti prestare qualcosa da Lana."

Glieli frego di mano, ancora smaniosa di uscire. "Chi è Lana?" gli chiedo come fosse lui il cattivo a tenermi all'oscuro delle cose.

Non è così, lo so. So di potermi fidare, ma dopo aver scoperto che Thom mi avvelena da anni mi sento in dovere di armarmi di azioni, informazioni, indipendenza. Basta giocare alla damigella catturata: sono la guerriera predatoria adesso, e dopo tutto ciò che mi ha fatto... partirò alla caccia di Thom Thompson.

"Mia cognata."

"Quindi Teddy è tuo fratello."

"Sì."

"Perciò hai due fratelli."

"Sette."

Levo gli occhi stupita dal cordoncino che stavo annodando. "Accidenti. Poveri mamma e papà. Scommetto che quand'eravate piccoli qui era un casino."

"Povera mamma e basta. Ci adottò tutti. E be'... casino sarebbe un eufemismo."

Mi sto già calmando dopo aver saputo della sua famiglia. Solo per la sua presenza tranquillizzante.

Mi porge due paia di grossi calzini di lana. "Non sono sicuro che gli scarponi ti stiano, ma possiamo provarli."

Mi siedo sul letto e m'infilo tutti e quattro i calzini, poi calzo gli scarponi giganteschi che mi porge. Al primo passo il piede mi salta fuori. "Bah." E marcio fuori coi calzini. Mi terranno calda e protetta. Se non esco subito scoppio.

Darius mi segue a ruota per sistemarmi un enorme cappottone sulle spalle. Me lo tiro addosso mentre marcio sul portico di legno. Nel bosco mi fermo a guardar su, ai torreggianti pini. L'aria sa di pulito frizzante. Di paradiso.

Il freddo mi morde le guance – ma è bello pure questo! Non sono in trappola. Darius non mi tiene prigioniera. Sono in un bosco sotto a un cielo azzurro chiaro.

"Devo andare da Wren."

"Ci sto lavorando, principessa. Ho chiesto indietro favori a chiunque conosca, così come i miei fratelli. I migliori hacker del mondo stanno indagando su Thom e tutte le sue società. Scopriranno dov'è – e arriveremo in Irlanda prima di lui."

Mi rilasso. So che farà il possibile per trovarla. "Grazie."

"Figurati." Sbircia nella mia direzione. "Come ti senti?"

"Meglio adesso che non mi avvelenano. *Que cabrón.* Non riesco a credere a quel *pendejo...*"

"Gliela faremo pagare." Parla cupo, determinato. Sono dalla sua parte, ma mi serve un momento per assaporare la libertà.

Mi giro e lo prendo per mano. "Mi fai fare un giro?"

Il mio vichingo mi spara un sorriso assassino. "Con piacere." Mi porta su un sentiero che curva per incrociarsi con un altro. I suoi scarponi scricchiolano sulle foglie. Gli uccellini svolazzano imperterriti, come per nulla spaventati da noi. È tutto diversissimo da Lockepoint, dalla costa orientale.

"In questi boschi ci sono molti orsi?" Sono contenta di rimanere su un sentiero ben tracciato.

"Ehm..." Sembra preso alla sprovvista. "Abbastanza."

"Davvero?" Mi scappa uno strillo. "E sono tutti grossi come quello che ho visto?!"

"Quello è il più grosso," mi rassicura. Il che non è per niente rassicurante. "Proseguiamo, dai," fa, come cercando di cambiare argomento.

Lo guardo strizzando gli occhi, ma gli permetto di condurmi avanti.

Scoppia un coro di urla. Nel campo oltre la muraglia di pini sta succedendo qualcosa. Accelero il passo per scoprire cosa, ma Darius sembra riluttante a dirigersi lì.

"In arrivo!" gridano.

Sbuco sul campo... quando una figura sfocata mi supera di volata. Uno alto a petto nudo e col kilt corre a tutta birra nel bosco, voltandosi all'ultimo per prendere una grossa palla bianca. Atterra di schianto su un cespuglio, ma non la molla. "Presa!"

"Attento a dove vai," ringhia Darius. Si para fra me e il giocatore tanto velocemente che non riesco nemmeno a battere le ciglia.

"Scusa, Darius," urla quello dandomi un'occhiata incuriosita e ritrotterellando sul campo, dagli altri.

Sono quattro, tutti alti e con spalle belle larghe – nonché muscolosissimi! Quello senza maglia, che si è infilato nel cespuglio, ha in petto un labirinto di muscoli da bavetta alla bocca...

I quattro giocatori si mettono in fila uno di fronte all'altro, a due a due. Tre sono in kilt. Uno ha un morbido camicione bianco con kilt rosso, un altro camicione e kilt nero. Il terzo kilt rosso e niente camicia. Il quarto è vestito in modo più normale: in maglia a mezze maniche nera che scopre i tatuaggi che gli coprono le braccia fin dai polsi.

A un segnale invisibile, quello a petto nudo lancia la palla indietro, al compagno in jeans. Gli avversari col kilt caricano in avanti, ma vengono bloccati dal primo, che li placca con tanta forza da buttarli a terra.

Mi scappa una smorfia... ma risaltano tutti in piedi.

"Che cavolo, Canyon..." strilla quello in nero. "Te l'abbiamo detto mille volte: non si placca nel rugby."

"*Sì* che si placca. Ma noi dovremmo placcare lui!" Quello in camicia bianca indica il tatuato, che se n'è andato bello tranquillo a un albero vicino. Rinvia con un calcio la palla attraverso due rami biforcuti, poi pesca una canna dalla tasca e se l'accende.

"Oh, Axel... non si fuma fino alla fine della partita, avevi promesso!" dicono in coro i tre col kilt. Hanno capelli castano sabbia e una pelle pallida e lentigginosa; sembrano avere la stessa età. Hanno tutti pure la stessa stazza e la stessa altezza. Non sono identici, ma si somigliano parecchio.

Quello vicino a noi soffia una nuvola di fumo puzzolente. È più snello, bello come una star del cinema. I lunghi capelli neri sono raccolti in una coda. La t-shirt proclama fieramente che le moto Triumph sono le migliori al mondo.

"Ciao, Darius," saluta. "Ciao, donna di Darius."

"Axel," – e mi mette il braccio attorno alla vita – "ti presento Paloma."

"Piacere," faccio io.

Mi porge lo spinello, ma declino con uno sventolio della mano.

I tre in kilt si accalcano da noi. Sono tanto alti che mi sembra di essere rimpicciolita. "Ehi, a noi non ce la presenti?!"

"Paloma, loro sono i gemelli: Hutch," – indica quello in camicia bianca – "e Bern." Indica l'unico in nero.

"E io?" L'ultimo, a petto nudo, spintona per mettersi in mezzo agli altri due. Da vicino ha un torso ancor più spettacolare. Il sudore gli gocciola giù per le scanalature dei muscoli e gli scurisce i capelli chiari sulle tempie.

"Vestiti e magari ci ripenso," ringhia Darius.

"Canyon." Si porta la mano al petto. "Milady." S'inchinano tutti e tre.

Trattengo una risata. Che enormi cuccioloni...

Darius mi stringe a sé. Fa il possessivo, ma non mi dispiace. "Questi sono i fratelli stupidi."

"Ah." Prendo un appunto mentale. Sembrano più giovani di Darius e Matthias.

"Quanti ne ha conosciuti finora?" domanda Bern.

"Cinque. Ha visto Matthias alla baita."

"E Teddy?" fa Canyon.

S'irrigidisce nel sentir nominare suo gemello. "Non ancora."

Hutch dice: "Allora manca solo..."

Alle nostre spalle scricchiolano dei rami, e mi giro verso... l'orso di stamattina, che si fa strada fra i cespugli! Darius non pare preoccupato, ma mi aggrappo a lui. Il bestione si alza sulle gambe posteriori e dà ad Axel la palla da rugby. Axel la prende tranquillo. Gli penzola dall'angolo della bocca lo spinello. Capisco che lui non si scomponga mai, ma nemmeno gli altri sclerano a due centimetri da un orso gigantesco! Da riporto, tra l'altro.

Solo io.

"Santo cielo..." ansimo.

"Va tutto bene," fa Hutch. "È solo…"

Bern gli rifila una gomitata nella pancia, e si piega in due. "Un orsetto," mi rassicura.

"Il nostro orsetto domestico," dice Canyon contemporaneamente.

"Ehm, sì, *domestico*," aggiunge Hutch sfregandosi dove l'ha colpito il fratello. "È scappato dallo zoo."

L'orso piega il testone verso i ragazzi. Pare disapprovare appena. Poi ricade sulle quattro zampe e se ne va pesante. È silenzioso – e notevolmente veloce per essere tanto grosso.

Io rabbrividisco e Darius mi copre la spalla con la manona enorme. Il suo peso mi dà conforto. Abbassa il capo e mormora: "Benvenuta sul monte Bad Bear."

* * *

Darius

"Che dolci i tuoi fratelli."

Siamo tornati alla baita e sto preparando salmone alla griglia. Volevo andare da Teddy ma le è brontolato lo stomaco, quindi sono stato contento di abbreviare la passeggiata e rimandare la visita.

Adesso siamo soli – fortunatamente. Matthias ha il turno in ospedale e sono riuscito a far capire ai ragazzi che io e Paloma avevamo bisogno di stare un po' per conto nostro. Axel è sparito, probabilmente a lavorare ai suoi eterni progetti – un'auto o una moto. E ho detto ad Hutch e Bern di tener occupato Everest. Due avvistamenti animali in un giorno bastano e avanzano. Se vuole conoscere Paloma dovrà presentarsi in forma umana.

"Quando vogliono," grugnisco. "Ma di solito sono dei deficienti. Soprattutto il mio gemello."

Fa scattare in su la testa. "Hai un gemello?"

"Sì. Teddy."

"E ti somiglia?"

Annuisco. "Siamo identici."

"Quando me lo fai conoscere?" È seduta al tavolo da picnic con la testa fra le mani. Ha un colorino sano sulle guance e sembra più vivace e rilassata che mai.

"Mai, si spera."

Ride come fosse una battuta, ma non scherzo mica. Teddy vive sulla montagna, però Matthias ha detto che la gravidanza di Lana lo sta rendendo più brontolone del solito.

Spero voli basso. Ogni volta che ci vediamo litighiamo. Il suo cattivo umore più il mio bisogno di proteggere Paloma uguale Terza guerra mondiale.

Continuo a controllare il telefono.

Paloma leva gli occhi quando vibra per un messaggio. "Saputo niente di Wren?"

"Non ancora, ma ci sta lavorando Kylie, la mia socia. Il suo comp... suo marito ha un'azienda d'infosicurezza e lei è una delle migliori hacker del mondo. Se c'è una persona che può trovare tua sorella, è proprio lei."

"E cosa dice?"

"Che sta hackerando i computer della scuola per collegarsi al portatile che hanno dato a Wren."

Le torna tutta la tensione in faccia – ah, quanto vorrei scacciargliela! "Il tempo passa. E se lui l'avesse già trovata? E se..."

"Non pensarci," dico fermo. "La troveremo *noi*."

"Dovrei chiamarlo. Promettere di tornare... almeno per guadagnare tempo."

"No," ringhio. "Mai. Così gli daresti modo di avanzare pretese che non saremo disposti a concedere."

"*Saremo?*" Mi scruta in volto.

Mi si serra il petto. Non posso far parte di un *noi* – non con un orso tanto distruttivo. Finirei col farle del male come ho ferito la nostra madre biologica... e lei è un'orsa. Guarì. Dovessi far del male a Paloma non me lo perdonerei mai. Meglio la morte.

Ma non posso neanche dirle che è sola!

"Sì: *saremo*. Sono con te, principessa. Ne usciremo insieme."

E poi dovrò lasciarti andare.

L'animale quasi si libera, adesso. Devo girarmi per nasconderle il bagliore degli occhi. E respirare profondamente e stringere i pugni per tenerlo a cuccia. Smania fin da quando siamo arrivati sulle montagne.

Che ci abbia portato Paloma deve avergli fatto pensare che la reclamerà. Sospetto d'essere riuscito a tenerlo a bada solo ed esclusivamente perché Paloma deve riprendersi. Ma il bisogno di marchiarla cresce di minuto in minuto.

Come se la situazione non fosse già abbastanza complicata da Thompson e Wren!

Servo il pesce e mi fermo a guardarla mangiare i primi bocconi. Cazzo, quant'adoro nutrirla... mi consola l'orso.

Si agita sulla sedia. "Che buono. Grazie."

"Di sicuro meglio di pasta al tonno e formaggio."

La dolce risata che mi regala mi fa un effetto strano al petto.

Controllo le patate arrosto. Quasi pronte. Si alza il vento, che le sferza le guance.

"Possiamo entrare se hai freddo," le propongo accomodandomi sulla panca di fronte a lei.

Si pulisce le labbra col tovagliolo. "Star fuori mi piace." Dopo anni di prigionia, mi sa che la natura la fa sentire benissimo.

Per un attimo mi sento in colpa. Io tengo l'orso prigioniero, in cattività. Per forza smania tanto.

Poi ricordo cos'ha combinato, il casino che ha fatto scappare tutte e due le mie madri. La gabbia è l'unica opzione.

Abbiamo quasi finito di mangiare quando sento un odore che mi fa irrigidire. Balzo in piedi tanto velocemente che a Paloma cade la forchetta.

"Darius, che..."

"Fratello!" È un urlo rabbioso a interromperla. Sei metri più in là, nel bosco, un alto pino si scuote e cade a terra. In un lampo mi paro fra Paloma e la riga di alberi.

Dalla gola mi schizza fuori un ringhio.

Il mio gemello esce a grandi passi con un bagliore luccicante negli occhi. Ha l'animale fuori controllo.

"Che cazzo combini?" Indica me e poi Paloma.

"Theodore." Caccio giù l'orso. Sono io quello civilizzato. Io che riesco a tenerlo a bada in una città gremita di esseri umani. E non gli permetterò certo di pungolarmi per far uscire la mia natura bestiale.

Alzo tutt'e due le mani e parlo a un volume ragionevole. "Calmati."

"La mia compagna è incinta e tu mi porti il pericolo sulle montagne," sbotta. "E adesso mi rispondi."

"Non avevo scelta, Teddy. Lo sai."

"Non hai nemmeno la decenza di tornare a casa per il Ringraziamento, ma nell'istante in cui hai voglia di tirartela con una newyorchese *con la puzza sotto il naso...*"

Balzo senza neanche rendermene conto. Sono ancora in forma umana, ma ogni parvenza di civiltà è partita – tanti saluti. L'orso vuole il suo sangue, dopo che ha parlato così di Paloma. Lo butto a terra e gli do una zampata alla faccia.

"Darius!" grida Paloma quando gli graffio la mascella.

Teddy rotola a pancia in su e mi rifila un pugno alle

costole. "Non sarai contento finché non ci avrai distrutto la montagna," ruggisce.

Gli blocco un pugno alla faccia.

"Questa è casa nostra, e se non la sai rispettare non sei il benvenuto. Ho un cucciolo da proteggere adesso." Altri colpi alle costole – a destra e sinistra.

Della montagna adesso non me ne frega un cazzo. "Credi che la tua compagna sia più importante della mia?" Con un calcio lo mando al tappeto e mi tiro in piedi con una rotolata. "*Eh?*"

"Darius, basta!" strilla Paloma. È al mio fianco – indispettendo ancor di più l'orso. La vuole ben alla larga dai pugni di Teddy.

"*Compagna?*" Viene da me ondeggiando. Schivo e lo becco al rene. "Non l'hai mica marchiata. Non sa neanche cosa sei!"

L'animale ruggisce all'idea di marchiarla. Già era a pelo della superficie, ma perdo ancor di più il controllo. "Non posso." Non so neanche se parlo a lui o a mio fratello. So solo che devo tener chiuso l'orso o ne pagherà le conseguenze Paloma.

"In che senso *cosa sei*?"

E si libera. Mi sento tramutare.

"Vattene," dico a denti stretti. "Scappa."

Trasalisce, e sbiancando in viso mi guarda bene in faccia. So cosa vede: l'animale selvatico, il luccicore degli occhi.

"Faglielo vedere." Teddy si asciuga la bocca col dorso della mano saltellando sui talloni come un pugile.

"No!" ruggisco. Devo allontanarmi. Non posso ferire la mia bellissima compagna...

"Vedere cosa, Darius?" strilla. È arrabbiata – chissà perché. Forse ha paura.

E siamo in due. Ho paura di quel che penserà quando scoprirà cosa sono.

"Vattene subito!" Cado a quattro zampe: la spina dorsale si curva – cerco di ribellarmi.

"Non ti farà del male." Teddy le solleva una mano – Paloma non si è mossa. Pronto a un attacco, mio fratello non mi stacca gli occhi di dosso.

Stronzo di merda. Mi ha fatto tramutare, mi ha fatto spaventare Paloma! Devo riprendere il controllo... ma prima gliela farò pagare.

L'orso ha la meglio – ho perso. Mi tramuto in un crepitio d'aria.

"Era ora," ringhia Teddy.

M'innalzo in tutti i miei due metri e mezzo quasi e gli ruggisco contro. L'unico avvertimento che gli concedo prima di farlo a brandelli.

Capitolo nove

*P*aloma

Sono a bocca spalancata. Darius *è un orso!* Un gigantesco grizzly terrificante con una fila di denti aguzzi e scintillanti e artigli lunghi dodici centimetri abbondanti!

Si butta sul fratello – *anche lui è un orso!* Rotolano avvinghiati a terra in ruggiti feroci.

Mi martella il cuore. I piedi mi restano incollati al terreno, malgrado l'ordine di scappare – chissà se per paura o... attrazione. Magari però mi rifiuto solo di farmi dire ancora cosa fare.

Ma più che altro voglio che questo stronzo lasci in pace Darius.

"Fermo!" grido. Raccolgo un sasso e prendo la mira. Ci ripenso e lo lascio cadere – non voglio prendere per sbaglio Darius. Trovo allora un bel bastone. Questo lo so usare – sono sempre circondata da bestioni.

"Basta! Pussa via!" Riconosco Teddy dal colore dei brandelli della camicia che gli penzolano dal collo. Lo piglio sul testone. "Vattene."

Mi rendo conto dell'enormità del mio errore quando il legno si spacca sul grosso cranio. È un grizzly, mica un cavallo! Non che bastonerei mai un cavallo, eh... ma questo qui potrebbe ammazzarmi con un sol colpo d'artiglione!

Sconvolgente, ma Teddy emette uno squittio e cade sulle zampe. China il capo per sfuggirmi.

"Sì, ecco," strillo rincuorata. "Vattene! Va' a casa tua!" Continuo a punzecchiarlo con l'estremità del bastone. "Orso cattivo!"

Agguanta il bastone e lo spezza in una mossa molto umana – per un attimo sospetto d'aver esagerato, ma poi fa dietrofront e saltella via per dove era venuto.

Lo fisso sconcertata, poi mi scappa una risatina isterica. "L'orso cattivo" – mi copro la bocca per trattenere le risa – "di Bad Bear!"

Quando mi rivolto verso Darius al posto della bestia trovo però un uomo nudo. Un meraviglioso vichingo muscoloso.

Ansima, è stanco e tiene denti e pugni serrati, come concentrato. Viene a grandi passi da me con gli occhi che ancora luccicano d'oro e mi prende fra le braccia facendomi sentire leggera come una piuma.

Adesso capisco perché non mi trova pesante. Non è umano. All'orso che ha dentro probabilmente piacciono le donne con un po' di carne attorno alle ossa. Una modella mingherlina – tipo quelle cui Thom voleva somigliassi – finirebbe con lo spezzarla a metà.

"Non posso..." Pare incapace di parlare. Mi porta su per i gradini d'ingresso della baita.

Mi arrovello – invano: *mi son presa per amante un orso.* I lupi mannari li avevo già sentiti nominare, ma gli orsi mai.

"Non..." ritenta. "... non è sicuro," brontola. "Non sei al sicuro con me."

Che debba aver paura? Forse Teddy stava cercando di farmi mordere da Darius perché mi trasformasse in lupo mannaro come loro. Cioè, in orso mannaro.

Oddio – e adesso?!

È assurdo, dai!

Però io mi sento *sicurissima*. Sì, il battito cardiaco mi galoppa nelle vene per l'adrenalina, ma neanche per un istante credo che Darius mi nuocerebbe mai. E il pensiero non mi ha attraversato il cervello nemmeno mentre era un grizzly gigantesco.

E poi Teddy ha detto che non mi avrebbe fatto niente.

Darius però par pensare il contrario.

"Non è giusto. Non volevo lo vedessi." Mi porta in camera. "Chiudi a chiave. Chiudimi fuori. Con lui non sei al sicuro." Cerca di mettermi giù, ma io mi aggrappo al suo collo e gli avvolgo le gambe attorno alla vita.

"Con chi? Teddy?"

"Con me." Si sporge sul letto nel tentativo di depositarmici, ma io mi rifiuto di mollarlo. S'illude se pensa che mi farò rinchiudere di nuovo – anche se stavolta per la mia sicurezza.

"Qui sono al sicuro."

"Con me no. Con l'orso."

Poso la fronte sulla sua, ora tutta aggrottata. "Sto bene," gli mormoro contro la pelle. Come fosse la mia Starlight quando durante la passeggiata si spaventa per qualcosa, resto tranquilla per lui. "Sto bene. Non è successo niente. Possiamo stare insieme. Qui. Adesso."

Sale sul letto sempre tenendomi fra le braccia e mi copre il corpo col suo, nudo. Ci guardiamo negli occhi. Ha ancora un selvatico bagliore ambrato – ah, ho capito cos'è! Darius non è umano: è una cosa diversa. Forse per questo mi ha sempre attratta tanto.

Avevo percepito che non somigliava per nulla agli abietti che mi stavano intorno da dieci anni. L'avevo erroneamente preso per uno di loro, ma il corpo sapeva che non c'entrava niente... perché andava in piena elettricità in sua presenza.

È lui il mio sì elettrico.

Gli tocco il viso. "Darius." Gli occhi gli bruciano luminosi, abbacinanti d'animale.

Abbassa la bocca per un bacio feroce. Mi schiude le labbra con la lingua e sistema i fianchi nella culla che ho fra le gambe.

Mi slaccio il cordino dei pantaloni. Riesco anche ad abbassarli giù per le curve.

Paloma," rantola. "Non so se dovr..."

"Dovresti, sì. Va tutto bene," mormoro. "Benissimo."

"È rischioso," insiste fra disperati baci. "Io sono rischioso. Stare con te su questa montagna..." Con uno strattone mi fa saltare tutti i bottoni della camicia di flanella. È meglio di un vichingo. È una meraviglia. "Visto? Sono privo di controllo." Mi strappa a metà la canottiera di seta rosa.

Saltano fuori i seni nudi – i capezzoli turgidi.

Riabbassa la testa, morendo dalla voglia d'arrivarci. Succhia forte e urlo – e lo spasmo di risposta in mezzo alle gambe mi fa contrarre le carni.

"Scusa." Alza il capo trafelato. "Ho esagerato?"

Lo prendo dalle orecchie per guidarlo sull'altro capezzolo. "No. Continua."

Ci fa vorticare la lingua. Lo graffia coi denti.

Il soave amante controllato della casa sulla spiaggia è sparito. Credevo che nulla potesse superarlo... invece c'è persino di meglio!

Perché *amo* Darius il pazzo.

La passione brutale è una magia creatrice di leggende.

"Scusa." Ancora chiede perdono per il suo lato animalesco. Le mani ruvide mi bloccano sul letto perché possa mordicchiarmi il collo. Ne percepisco la battaglia interiore – sospetto non gli piaccia comportarsi così. Mostrare quest'altra faccia.

Era ora, ha detto il fratello quando si è tramutato.

Forse si rifiutava. Forse gli ha preferito il curato direttore di fondi speculativi di Wall Street. È in conflitto coi suoi due lati.

"No... no!" ruggisce con uno scossone della testa tanto forte da farsi scrocchiare il collo. Ho l'impressione non stia parlando con me, ma con il suo altro io.

Con l'orso.

"Scusa, Paloma. Non dovrei stare con te. Non così."

"*Sì* invece." Sono decisa. Dopo tanto lavoro coi cavalli, so che se seguo la loro paura gli animali reagiscono. Devo mantenere io alta la fiducia. Dimostrargli di non aver paura. Che siamo amici.

"Ma qui non sono me stesso! La montagna mi riporta fuori l'orso. Anche i miei fratelli. E *tu*. Soprattutto tu, principessa. Ha dato di matto nell'istante in cui ti ho vista a Lockepoint. Lo fai impazzire."

"Lo amo," lo rassicuro.

Chissà perché l'ho detto poi – lo conosco appena! Ma si vede che adesso Darius sta lottando in modo terribile. Voglio si senta tranquillo a esporsi con me.

Qualunque cosa sia.

"Non voglio ti faccia del male."

Non so quanto sia pericoloso, però so che il gemello, che ha un animale all'apparenza altrettanto feroce, ha chinato il capo quando l'ho preso a bastonate – ed è pure scappato quando gliel'ho ordinato! E poi mi ha assicurato che l'orso di Darius non mi avrebbe fatto nulla.

Anzi, sembra sia uscito solo perché Teddy l'ha fatto arrabbiare... insultandomi.

"Non mi farai niente." Gli passo le mani sulle spalle nude, i palmi sulla piana scolpita dei grappoli di muscoli. L'uccello duro mi trova l'incavo fra le gambe e geme, lasciando ricadere il capo sul mio e scivolando nella mia umidità.

"Paloma..." Ha la voce rotta. "Non posso. Temo di marchiarti."

"Che vuol dire?"

"Gli orsi..." Geme, come soffrisse. Come fosse una tortura starmi tanto vicino.

Muovo i fianchi sotto di lui per entrare più in contatto col suo pene.

"Oh, cazzo..."

"Che vuol dire?" insisto.

"Ah... sì. Be'... gli orsi marchiano la compagna col loro odore." Mi graffia coi denti a lato del collo. "Così gli altri mutanti sanno che è stata reclamata. E l'orso vuole reclamarti coi denti."

Queste parole mi lasciano perplessa – forse mi sono ritratta oppure ho rallentato, ma al contempo la cappella di Darius mi trova l'ingresso. Gemo nell'aprirmi a lui, tutta zuppa, come se il mio corpo sapesse e comprendesse che deve marchiarmi.

Inclino le pelvi per rispingermi verso la costante pressione del suo uccello. Ne prendo la punta. Uh, che delizia...

Risponde con un gemito. "Non posso..." Ma il suo corpo mica gli obbedisce! Uno scatto dei fianchi e mi penetra.

Urlo di dolore misto a piacere. Spaccata in due dalla sua durezza. Riempita dalla sua lunghezza.

"Scusa. Scusa, Paloma... non volevo..."

So che non ha messo il preservativo, ma non m'importa. Adesso mi prendo la responsabilità anche del mio utero.

'Fanculo a Thom Thompson e ai suoi progettini perversi.

"Io *sì*." Lo guardo fisso negli occhi.

Comincia a muoversi con più costanza.

"Niente morsi," faccio decisa – suonava un bel po' pericoloso! "Ma voglio il tuo cazzo vichingo... e orso."

Torna ancor un po' più in sé: si schiarisce in viso dall'angoscia e dal delirio per tornar l'uomo sexy che mi ha sedotta in camera. Solleva gli angolini delle labbra.

Mi sbatte muovendo il bellissimo corpo sul mio. "Questo vuoi, principessa? L'uccellone?"

"Sì. Lo voglio."

"Ti piace essere riempita? Che ti allarghi la dolce fighettina vergine per fartelo prendere tutto?" Sorride come un gatto soddisfatto e fa ballare il letto di spinte.

"Non sono più vergine," mi vanto. Perché sono fierissima d'avere il controllo della mia vita sessuale. Di chiedere e prendermi ciò di cui ho bisogno. Di rovinare tutti i piani escogitati da Thom.

"No che non lo sei più, eh?" Mi piazza una mano a lato della testa e usa l'altra per proteggermela dai colpi alla testiera. "Adesso sei mia," proclama.

La ribelle che c'è in me vorrebbe negare. Mi piacerà anche fingermi la damigella da fiaba rapita dal vichingo, ma nella realtà non sono di nessuno. Mai permetterò a un altro uomo di possedermi contro il mio volere.

Darius però mica mi possiede contro il mio volere. Voglio stare qui, sotto di lui. Voglio far impazzire lui e l'orso. Voglio mi reclami come sua. Persino che mi marchi col suo odore in modo che lo sappiano tutti gli altri mutanti!

E voglio reclamare anch'io Darius Medvedev.

"Sei mio adesso," gli dico.

Si apre in un lento sorriso e spinge con più foga. Come rivendicando per sé la mia figa. O il mio ventre. "Esatto, colombella. Sono tuo. Vuoi l'uccello, lo pretendi. Mattino, pomeriggio, sera... è tutto tuo."

Che bello... gli occhi mi si girano dietro la testa. Non voglio nient'altro che venir riempita da questo bellissimo uomo orso... ma non basta. Voglio di più. E più veloce!

"Ti prego," comincio a lagnarmi. "Ti scongiuro... subito. Mi serve."

"Devi venire, tesoro?" È roco.

"Sì. Insieme."

"Vuoi che veniamo insieme?"

Sì. Avrò poca esperienza a letto, ma per dieci anni l'unica forma d'intrattenimento della mia vita sono stati i romanzi rosa. Sono programmata per credere nel Santo Graal della completezza: l'orgasmo simultaneo che fa eruttare vulcani, esplodere fuochi d'artificio.

Voglio toccare l'apice con Darius. Voglio che la viviamo insieme. Perché d'un tratto ho l'impressione sia l'unico modo in cui possiamo sconfiggere Thom: l'amore è la magia più antica.

Thom mi ha separata da Wren per impedirci di usarla contro di lui... ma non ha calcolato Darius: l'uomo il cui orso sapeva che ci apparteniamo.

E ho la sensazione che insieme saremo inarrestabili.

"Cazzo," brontola. "Sto perdendo il controllo."

"Niente morsi," gli ricordo trasalendo al martellamento cui mi sottopone. "Adesso, Darius! Ti prego!"

Si contorce in viso. La barba gli cresce sotto i miei occhi! Lancia un grido e poi si piega in me sbattendo il letto contro il muro tanto forte che temo lo sentiranno tutti e sette i fratelli.

"Sì!" strillo. "Sì!" Vengo catapultata nell'esplosione in un rocambolesco vortice d'oblio.

Niente fuochi artificiali. È una valanga. Una cascata di goduria che mi rimesta tutta. E c'è anche il vulcano – quello è Darius, che erutta e mi riversa dentro il suo seme bollente. Così caldo e copioso che giuro di sentirlo sferzarmi le pareti interne!

Dopo finiamo nell'occhio del ciclone. Il vento soffia nella tempesta che ci attornia... ma noi siamo qua al centro che fluttuiamo.

Avvolti nell'immobile posticino dell'unione.

* * *

Darius

"Paloma," gracchio quando la realtà torna a farsi strada e mi rendo conto di cos'ho fatto.

Non l'ho morsa, no. Non credo almeno.

Ma ho perso il controllo.

Fato mio, *ho rischiato* di morderla! Se mai perdessi il controllo in sua presenza potrei farle male sul serio. Cavolo, potrei perfino ucciderla...

Basta e avanza per chiudere del tutto – una volta sconfitto Thompson.

Mai. L'orso ruggisce per emergere.

Rotolo via da Paloma prima di fare qualcosa di cui potrei pentirmi.

Trasalisce quando mi scosto così all'improvviso.

Me ne resto a lato del letto, dove ho posato i piedi; lo sguardo è attirato dallo sperma che la sporca fra le gambe. "Cazzo, Paloma. Ho perso il controllo. Non ho messo il preservativo."

"Lo so," fa lei tranquilla e beata. I beati sono tranquilli? No, sono distanti però. Be', allora è distante come un beato.

Arriva a travolgermi l'agonia. "Ti prendo una salvietta." Filo in bagno a prenderle un asciugamano caldo, quando mi urla: "Non fa niente."

Quando torno la becco passarsi le dita nella mia essenza e usarle per accarezzarsi, dipingersi le piccole labbra e il clitoride, come le piacesse rivestirsi del mio odore. Come marchiandosi in stile umano.

Quasi scoppio di nuovo – l'orso tira il guinzaglio, muore dalla voglia di affondarle i denti aguzzi nelle delicate carni. Mi blocco in mezzo alla camera e respiro profondamente dalle narici per rispedirlo a cuccia.

Paloma mi osserva con le palpebre pesanti – continua ad accarezzarsi, godendo della tortura che m'infligge.

"Cazzo, quanto ti voglio," mormoro quando posso ricominciare a camminare in sicurezza.

"Sono già tua," dice tutta fusa.

"Non basta." Ed eccomi su di lei, ecco che le spalanco bene le ginocchia e l'aiuto a distribuirsi il mio nettare su ogni centimetro del sesso con la lingua.

Mi viene in bocca, come non avesse aspettato altro che la mia lingua per il secondo round.

La pulisco con la salvietta e la bacio sulla cima della fessura, infilandole la lingua dentro un'altra volta.

Rabbrividisce e tornano gli spasmi – le ennesime scosse d'assestamento.

"Sei un orso," sussurra dolce quando alzo la testa. Si tende verso di me per portarmi il volto al suo per un altro bacio. "E che hai fatto ai capelli? È lui a farteli crescere velocissimamente?"

"Ah." Ci passo una mano e scopro ciocche lunghe da

hippy. "Forse crede che somigliando a un vichingo possa reclamarti."

Scoppia in una risata calda e roca. Mi bacia. "Ho un milione di domande da farti."

"Ah sì?" Mi accomodo accanto a lei e tiro il suo viso al mio per tenermela stretta.

"Eh sì." Mi gratta piano con le unghie i peli del petto. "Quanto spesso ti trasformi? Tipo con la luna piena o c'entra la rabbia?"

Scuoto il capo. "La luna non c'entra niente. Sì: è la rabbia." La mano le trova il culo e lo strizza. "E la lussuria. Ma solo con te."

Alza su di me gli occhi per guardarmi da sotto le ciglia. "Con nessun'altra?"

"Mai. L'orso non ha mai voluto nessun'altra."

Le vedo il battito cardiaco accelerare sulla gola. Non sembra paura – è sollevata.

"E per rispondere alla tua domanda... quasi mai. L'orso è pericoloso."

"Che intendi?"

Altro scossone di diniego. "Non posso lasciarlo uscire perché... impazzisce. Non riesco a controllarlo quand'è fuori. Non è normale – i miei fratelli lo tengono tutti sotto controllo. In... in me c'è qualcosa che non va."

"L'orso di oggi fuori dalla finestra era Teddy?"

"No: Everest. Un altro fratello. L'hai conosciuto sul campo da rugby."

"Ah giusto. L'orso '*domestico*'." Fa addirittura le virgolette con le dita. "Quindi tutti i tuoi i fratelli sono orsi?"

"Sì."

"Anche tua madre?"

"Winnie? Sì. È... in letargo."

"Davvero?" Si tira seduta.

"Sì."

"Tu ci vai in letargo?"

"No. Non è... normalissimo. Cioè, non è neanche anormale. Ma non sappiamo perché dorma da anni."

"*Anni?!* Ma è in coma, tipo? La tengono in vita artificialmente? Come fa a sopravvivere?"

"Ma no... dorme senza mai svegliarsi e basta. Di tanto in tanto si alza, si lava, mangia un boccone e poi si riaddormenta."

Mi copre la mano con la sua. "Mi dispiace. Dev'essere dura per voi."

"Già."

"E Teddy? Non sembrate andare d'accordo. Che è successo?"

"Ce l'ha con me perché mi sono stabilito a New York e vivo fra gli esseri umani."

Aspetta delucidazioni ulteriori, e così facendo mi costringe a riflettere sulle mie parole. "No, non è esattamente così che stanno le cose," ammetto. "È incazzato perché volevo costruire su parte del monte Bad Bear per salvarlo da imprenditori esterni."

Sgrana gli occhioni. "Ah. Mi sa che i cantieri turbano non poco gli orsi..."

Giudizio che mi fa crollare. "Già. Pensavo solo che se fossi riuscito a controllare la cosa almeno saremmo riusciti a salvare il nostro versante!"

"E cos'è successo?"

"Teddy ha conosciuto la sua compagna Lana – durante un'escursione quassù il suo fratellastro ha cercato di ucciderla. L'ha salvata. E poi lei ha salvato lui. E s'è scoperto che è miliardaria! È una stilista. Ha un'azienda d'abbigliamento sportivo per taglie forti."

"La *GoddessWear?!*"

"Sì, quella. E così ha salvato la montagna." Storia amarognola per me, malgrado alla fine sia filato tutto liscio. Odio essere etichettato come il cattivo quando non ho fatto altro che cercare di aggiustare le cose per la mamma... per la mia famiglia.

Come leggendomi nel pensiero, Paloma mi stringe di nuovo la mano. "Volevi aiutarli e comunque ti hanno incolpato. Devi soffrirne..."

Annuisco. Merda. "Sì. È... grazie. Non avevo mai parlato dei miei con nessuno. È... ehm... un tema delicato, se devo dire la verità."

Che sguardo caldo e aperto ha... da lei a me scorre un fiume di comprensione – nonostante la tetra colpa che ho sempre provato pensando a queste cose. "Ehi, lo sai che ho io la 'famiglia' più schifosa del mondo." Fa ancora le virgolette. "Si vede che voi vi volete bene. Almeno non vi avvelenate o rinchiudete nelle torri!"

Le porto il viso al petto per baciarla sulla cima della testa. "Mi credono avido. Ed è vero – andai a New York per arricchirmi. Ho sempre avuto l'obiettivo di salvare la montagna. Ma ci è voluto più di quanto pensassi da ragazzino."

"Però ce l'hai fatta; ho sentito Thom dire che l'anno scorso il tuo fondo è stato quello che è cresciuto più velocemente. Ne è sembrato fiero, come se lui avesse non so come contribuito..."

"Gli piace fingersi il mio mentore," sbuffo.

"Sì, porta questa cosa della figura paterna a livelli nauseabondi."

"A dire il vero... credevo che avrei salvato davvero la montagna. L'ho creduto finché l'anno scorso non ha avuto più bisogno di salvataggi. E poi..."

"Dev'essere dura vedersi scivolare via la motivazione che ti sprona al successo."

Mi bruciano gli occhi – inspiegabile! "In effetti... mi ha fatto capire che era tutta una menzogna."

Confusa, Paloma aggrotta la fronte.

D'un tratto devo buttar fuori tutto – la fonte d'ogni mia sofferenza, la ragione per cui fuggii a New York. Quella *vera*, non quella che mi sono inventato per giustificare la sparizione.

"Teddy non mi odia solo perché volevo costruire sulla montagna. I motivi sono più profondi."

Aspetta ancora, ma mi è difficile proseguire. Mi tocca la spalla. "Puoi dirmeli. Di qualsiasi cosa si tratti... è passata. Non ti giudicherò."

Inspiro forte e cerco di spiegarmi. "Entrai molto presto nella pubertà – prestissimo. Avevo solo sette anni quando mi tramutai la prima volta, e andai del tutto fuori controllo. Ero terrorizzato. Sapevo che eravamo orsi, ma la mamma – quella biologica – non si tramutava mai. Non le piaceva. Diceva che non poteva perché vivevamo in un campo caravan per umani.

"Non sapevo cosa significasse davvero essere orso. Né cosa si provasse. Un secondo avevo sette anni e quello dopo ero un cucciolo spaventato e intrappolato in una minuscola roulotte! Non avevo più alcun pensiero umano. Non sapevo nemmeno dove mi trovassi. Non riconoscevo casa mia. Non sapevo neanche che la donna umana e il bambino che erano con me erano mia madre e mio fratello.

"Avevo solo la sensazione di essere nel posto sbagliato e di dover scappar fuori, nel bosco. Ovviamene non sapevo aprire la porta – né cosa fosse una porta. Perciò mi agitai per la roulotte spaccando tutto per uscire.

"E nel farlo ferii la mamma. La graffiai su petto e viso. E Teddy. Alla fine fu lui ad aprire la porta, e corsi via."

"Oddio, Darius... ma dev'essere stato un trauma!"

"Io ricordo solo cieco terrore. Non sapevo cosa fosse accaduto né come tornare umano. La mamma non mi seguì. Avrebbe potuto tramutarsi per farmi da mamma orsa... ma non lo fece. Winnie, la nostra madre adottiva, l'avrebbe fatto eccome. Lei sapeva crescere dei cuccioli."

"E perché non lo fece?"

"Boh. Pareva quasi avesse paura degli orsi. Anche se lo era pure lei."

"Cosa ti accadde?"

"Scappai. Mi feci strada nel bosco e continuai a correre giorni e notti finché non crollai dalla stanchezza e non tornai umano.

"Fu Winnie a trovarmi – quassù, sulla Bad Bear. Mi trovò e alla fine individuò mia madre e mi riportò al campo caravan. Tre giorni dopo la mamma ci abbandonò tutti davanti a casa sua e sparì per sempre."

"*Cosa?!*" Ha gli occhi strabuzzati dallo shock. "Abbandonò i suoi figli?"

Cerco – invano – di deglutire un nodo. "Sì. Praticamente. Lasciò a Winnie un biglietto in cui diceva di non saper crescere degli orsi."

"Oddio, deve averti spezzato il cuore..."

Aiuta avere un nome con cui etichettare il trauma. Io m'ero spiegato tutto con la mia perdita di controllo, che aveva terrorizzato me e la mia famiglia. Che aveva aperto ferite inguaribili.

Ecco cosa temo di fare a Paloma.

A volte dimentico che ero solo un bambino. Per forza non riuscivo a gestire l'animale.

"Quindi forse Teddy mi odia per quello – non so. Winnie fu paziente, ma l'orso rimase incontrollabile per anni. Dopo le superiori mi arruolai nell'esercito e andai a New York. Da allora viviamo vite completamente diverse."

Sto guardando fuori dalla finestra, quindi l'odore salato delle lacrime di Paloma mi coglie di sorpresa. Rigiro di scatto la testa verso di lei. I bellissimi occhi nocciola ancora annegano mentre si asciuga quelle già cadute.

"Oh, cazzo..." Mi tiro seduto per prenderla in braccio e posarla contro di me. "Non essere triste per me."

"Sono triste per tutti e due," fa. "Veniamo entrambi tragicamente tenuti lontani dai nostri fratelli da troppo tempo."

"Non so se direi *tragicamente*," borbotto.

"Sì: la tragedia è che voi due avreste potuto risolvere un pezzo fa, ma tu scappavi da te stesso. Per cercare di diventare Teddy."

La fisso col cuore che mi batte in modo innaturale nel petto. L'avesse detto qualcun altro – chiunque altro – l'avrei ignorato. Me ne sarei andato, come faccio sempre. Avrei soffocato i sentimenti che mi fanno soffrire... come soffoco l'orso.

Ma è Paloma. La mia *compagna*. La femmina che già ha in pugno il mio cuore. Quella cui voglio dare tutto.

"Non so se scappavo da me stesso. Ma dal passato sicuramente sì. Volevo andare in un luogo in cui l'orso non potesse più nuocere a nessuno, lontano dalla montagna in cui riuscivo a malapena a controllarlo."

"Parli come ne avessi timore. Forse hai preso da tua madre..."

"Per forza lei ne aveva paura – le ha fatto *male*. Ed è una mutante, quindi è guarita, ma se facesse qualcosa del genere a te..."

"Intendevo dire che aveva timore della sua orsa."

Deglutisco il terrore di parolacce che stavano per uscirmi sull'orso e tutti i danni che ha arrecato.

Batto le ciglia.

Non mi era mai venuto in mente avesse paura *dell'orsa*.

E di sicuro non voglio essere come la mamma, cazzo.

Però... merda. Ho fatto la stessa identica cosa! Ho abbandonato la mia famiglia perché troppo... animale.

Al momento vorrei che Teddy mi pestasse a sangue. Molto meglio della profonda vergogna che mi sta seppellendo vivo.

"Cazzo. Hai ragione," brontolo sfregandomi la fronte.

"Vieni, su." Scende dal letto e mi tira per la mano. "Andiamo a darti una ripulita – sei ancora sporco di terra. E poi una doccia non farebbe male neanche a me."

La seguo in bagno e accendo l'acqua; poi la vizio con un lento e saponato secondo round.

Capitolo dieci

*P*aloma

La doccia è fantastica – in tutti i sensi! – ma ancora migliore è la sensazione d'aver legato con Darius a un livello nuovo, più profondo.

È molto più del guerriero vichingo figo in modo pazzesco. E persino dell'uomo che quando gli va sa trasformarsi in orso.

È umano. Almeno secondo la mia definizione: uomo dal cuoricino che soffre.

Mentre m'infilo un altro suo capo di flanella, bussano al portone. "Iu-hu!! Darius? Paloma?" È una donna a chiamarci da fuori.

"Sarà Lana." Si mette un paio di jeans e, a petto nudo, va ad aprire. Io lo seguo con solo la camicia addosso.

Gli butta le braccia al collo una donna procace dalla pelle scura e liscia e con trecce tinte di rosa in punta. Dietro se ne sta un goffo Teddy con due grosse sporte della spesa.

"Darius! Come osi venire in montagna e non salutarmi neanche?!" Gli dà un pugno scherzoso che le fa ondeggiare le trecce. Sono tinte dello stesso rosa chiaro della tuta intera.

"Stavamo venendo, sì," brontola lui accettando calorosamente l'abbraccio, "ma il tuo compagno ha deciso di buttar giù un albero e sfidarmi davanti a Paloma."

"Sì, ho saputo." Si scosta per girarsi e scoccare un'occhiata affettuosa a Teddy. "È molto protettivo col cucciolo." Rivolge allora l'attenzione a me; invece di stringermi la mano, me le prende tutte e due. "E tu devi essere Paloma. È un vero piacere conoscerti. Che emozione avere una cognata! Come stai? Ho saputo del veleno... che orrore!"

"Ehm, meglio, grazie."

Lana è un bel tornado... ma l'adoro immediatamente! Sono stata sola troppo tempo – e soprattutto mi manca mia sorella; non mi dispiace quindi che mi abbia già adottata come parente.

"Bene. Matthias sa guarire chiunque – persino gli avvelenati! Ecco, tieni: ti ho comprato dei vestiti." Si volta per prendere le sporte da Teddy. "Non sapevo che taglia hai, quindi se ti piace qualcosa che non ti va possiamo fare un salto al mio negozio, in paese."

Teddy non ha ancora detto una parola al fratello – i due si limitano a guardarsi in cagnesco alle nostre spalle.

Prendo le sporte e sbircio dentro.

"Vieni, ti mostro cosa ti ho preso." Mi guida verso la camera. "Così vediamo se i due brontoloni riescono a darsi la zampa, finalmente."

Le sparo un bel sorriso. "Bella questa."

Il sorriso che mi restituisce è fin abbacinante. "Le battute animalesche alla fine diventano il tuo miele, quando si è la compagna di uno che si chiama come tutti gli orsetti di peluche del mondo!"

"Teddy!" Entro in camera e chiudo la porta con una risata. "Non ci avevo neanche pensato!"

"Adorabile, eh? E tutte le baite hanno un'atmosfera alla

Riccioli d'oro e i tre orsi. Fantastiche... ma per il cucciolo ci siamo costruiti qualcosina di più grande." Si porta la mano al pancione.

"Sì, ho saputo. Congratulazioni." Rovescio il contenuto delle due sporte sul letto. "Quanto manca?"

"Sono alla quattordicesima settimana." Fruga tra i vestiti: li spiega e solleva con gli occhi strizzati, come chiedendosi se possono andarmi. "Grazie. Teddy era già iperprotettivo, ma adesso dà i numeri. Scusa se non ti ha fatta sentire la benvenuta." Mi lancia una confezione da tre di mutandine. La apro e me ne infilo una sotto la camiciona lunga. "Sappi che non era quello l'intento. Credo stesse solo provocando Darius per scoprire se sei la sua compagna di fato. Ma adesso che lo sa ti proteggerà come una della famiglia. Perché *lo sei*."

Un po' vorrei rifiutare tutta questa roba della famigliola istantanea. Ne ho già una mia: Wren. E devo trovarla prima che Thom faccia qualcosa di orribile. Però mi fa anche star bene. Mi mette a mio agio.

A differenza della torre di pietra grigia che era la mia prigione a Lockepoint.

Fuori, sempre in casa, sento la voce di Darius – ma sembra al telefono; mi sa che non sta chiarendo col fratello...

Lana mi lancia un paio di larghi pantaloni elastici e neri da yoga. "Questi dovrebbero andarti. Coi tacchi diventano pure eleganti. Tasche profonde. Molto versatili. Ottimi in viaggio."

"Aggiudicati." Me li metto. Hanno la vita alta; l'ampio elastico in vita appiattisce la pancia.

"Stanno benissimo con un top corto. Tieni, questo dovrebbe starti bene." Mi porge un reggiseno sportivo melone acceso con belle spalline convergenti in un anello al centro della schiena, da dove si estendono come raggi di bicicletta. "È il più comodo della linea sportiva; e poi puoi metterlo con questo." Mi porge un toppino color tè blu dallo scollo ampio e coi buchi per i pollici sulle maniche.

Mi calza tutto a pennello – mi sa poi che è roba d'alta qualità e tessuti di livello!

"Che belli... grazie."

"Ottimo. Almeno avrai qualcosa da metterti finché non potrai andar a fare spese per conto tuo. Se vuoi vedere qualcos'altro, possiamo scendere al mio outlet."

Veniamo interrotte dai suoni del portone che si apre e di pesanti stivali.

"Saranno... tutti quanti." Mi guarda facendo scattare su e giù le sopracciglia con un sorrisone. "Adesso che sei entrata con decisione nella categoria della compagna di fato, vorranno conoscerti."

"Non posso restare però." L'ansia per Wren sta aumentando. L'istinto mi dice che il tempo sta per scadere. "Devo tornare sulla costa orientale a prendere mia sorella."

Passa a un'espressione preoccupata. "Certo. Vediamo se hanno scoperto dov'è, su."

Quando usciamo dalla camera, ci ritroviamo davanti tutti i fratelli di Darius. Sono così giganteschi che neanche ci stanno in soggiorno! Axel e Bern spuntano con la testa dalla finestra. Un orso – quello 'domestico', per intenderci – si è appostato fuori dal portone aperto.

Darius mi porge il braccio, e mi piazzo al suo fianco. Facciamo già coppia. Un po' vorrei resistere – è troppo bello per essere vero... ma sembra giustissimo invece.

Mi tira a sé per un bacio sulla cima della testa. E la resistenza si scioglie ancor di più.

"Paloma, Matthias, Axel, Canyon, Bern e Hutch li hai conosciuti. Questo stronzo è mio fratello Theodore." Lo indica con uno scatto del mento. "Non vi abbiamo presentati formalmente, dato che Teddy ha fatto di tutto per metterti a disagio."

"Sì... scusami, Paloma." Parla con lo stesso profondo tuonare di Darius. "Sei più che benvenuta. Sei della famiglia... marchiata o meno."

"Lui è Everest." Indica l'orso.

Saluto il bestione enorme con uno sventolio nervoso della mano – cerco d'immaginarmi che aspetto avrà da umano.

"Paloma non vede l'ora di ripartire per la costa orientale per cercare la sorella," fa Lana.

Le do un'occhiata grata. Mi sostiene – e lo apprezzo.

"Già. S'è saputo qualcosa?"

"Per questo vi ho convocati tutti qui," dice Darius. "L'abbiamo individuata. Il coro sta facendo l'ultima tappa a New York. Abbiamo scoperto in quale hotel alloggiano, e abbiamo pure mandato degli amici a recuperarla. Dovrebbero arrivarci entro un'ora. Anche se l'accesso a internet è bloccato, Kylie è riuscita ad hackerare il portatile della scuola e a collegarlo a un satellite. Potremo collegarci con lei tramite il mio telefono non appena lo accenderà – così potrai spiegarle tutto."

Mi scappa un sospiro forte. "Grazie al cielo! Grazie al cielo..." Mi luccicano gli occhi di lacrime. "Sono contentissima che l'abbiate trovata..."

"Partiamo subito. Fratelli..." E ammutolisce, come gli fosse difficile chiedere aiuto.

"Partiamo anche noi, se ti serviamo," fa Matthias.

Espira anche lui. "Grazie. Dei lupi mi fido, ma preferirei avere accanto i miei fratelli."

"Potere dell'orso... vieni a noi!" Bern scaglia il pugno in aria.

A Darius trilla il telefono; lo pesca dalla tasca e guarda

lo schermo. "Ci siamo." È la tensione che gli permea la voce a dirmi di che si tratta.

Gli prendo il polso per avvicinarmi il telefono.

Compare una ragazza di poco più di trent'anni. Non si spreca neanche a presentarsi – parla pigiando tasti. "Wren è online. Adesso vi collego." Lo schermo rabbuia e per un secondo trattengo il fiato. Due. Quattro e cinque. Poi d'un tratto compare un video.

Wren fissa lo schermo. Pare sorpresa. "Ma... oh, *Paloma!*" Si spalanca in un sorriso gigantesco. "Oddio! Come hai fatto a collegarci? Mi sei mancata domenica... cos'è successo? Dov'eri?"

"Ascolta, Wren, non c'è tempo di parlare. Thom vuole ucciderti."

Odio spaventarla. Sono anni che la proteggo dalla malvagità di Thom... ma adesso devo armarla d'informazioni. "Uccise lui mamma e papà, e mi avvelena da anni per farmi credere di essere malata."

"*Cosa?!*" Impallidisce.

"Ha sempre usato la tua vita per minacciarmi e costringermi a lavorare per lui, ma sono fuggita. Degli amici stanno venendo a prenderti – arriveranno entro un'ora. Prepara subito una valigia, così ti troveranno pronta."

Proprio allora la porta alle sue spalle si apre di colpo. Wren urla. E anch'io.

Si riversano in camera degli uomini vestiti di nero dalla testa ai piedi e muniti di fucili d'assalto.

"Ti prego, dimmi che sono i tuoi amici..." fa con gli occhi sgranati.

Guardo incerta Darius, ma la risposta diventa chiara quando Thom entra bello tranquillo dietro al gruppo masticando un sigaro e con in mano una specie di sfollagente.

"Ciao, Wren."

Ah, che voglia di levargli quel sorriso dal grugno con uno schiaffone!

"Ah, perfetto... c'è anche la tua adorabile sorella. E Darius, l'ospite maleducato. Proprio le persone che speravo di vedere."

I suoi afferrano Wren e la trascinano via a forza.

"Fermi!" urlo. "Levatele le mani di dosso!"

"Serena, su..." Mi prende in giro. Punta lo sfollagente verso Wren e spara una specie di corrente elettrica – come fosse un taser.

"No!" grido quando si accascia al suolo.

"Taci, Paloma. Non puoi concederti capricci, dato che ti avevo chiaramente avvertita di quello che sarebbe successo se avessi ritentato la fuga."

Strillo nel telefono: "Lasciala in pace!"

Ovvio che non lo farà. Sono impazzita. Devo ripigliarmi se voglio battere in astuzia questo pazzoide.

Inspiro una volte e poi due, ma non c'è più spazio per altra aria. Ah sì, mi sono dimenticata di espirare. Lo faccio lentamente allora.

Thom si accomoda sulla sedia di Wren e mi esamina con un sogghigno di soddisfazione.

Lo ammazzo.

"Allora, ecco cosa si fa adesso: tu torni a Lockepoint col tuo nuovo amichetto Darius. Altrimenti Wren non sopravvivrà fino a domattina."

"Torno," dico di corsa. "Torno... ma tieni fuori Darius."

Allarga il sorriso. "Eh no, carina. Ormai c'è dentro. L'unica cosa che salverà Wren sarà venir con lui. Vi voglio lì entro la mezzanotte."

Darius mi frega il telefono di mano e se lo porta al volto. Ambrati, gli occhi luccicano di rabbia. "Entro mezzanotte non ce la facciamo," ringhia. "Siamo dall'altra parte degli Stati Uniti. Ma possiamo arrivare al mattino... entro le sei."

"Troppo tardi." E ride, come lo deliziasse assassinare una ragazzina. E probabilmente lo delizia.

"Alle quattro," tenta. "Non potremo far di meglio. Persino con un jet privato ci vorrebbero almeno cinque ore..."

"Condividi la mappa, così vedo se dici il vero."

"No!" ruggisce.

Thom – quel perverso bastardo – sorride tanto da mostrare i denti. Che schifo. "Chi c'è lì con te, Darius? La famigliola?"

Ringhia: "Se vuoi Paloma, dovrai aspettare le quattro." Aggancia prima che l'altro possa replicare.

"E se non aspetta?!" La paura mi sale fin in gola.

"Aspetterà. Uccidendo Wren perde il potere che ha su di te – sei troppo preziosa."

Teddy ringhia. Ha gli occhi della stessa sfumatura d'ambra del gemello.

Mi guardo intorno e mi rendo conto che tutti e otto brillano. L'intera stanza ronza di bassi ringhi d'orso.

"Andiamo." Matthias si alza.

"Cosa?!" Tremo, ancora sconvolta dopo aver visto Thom usare il taser su mia sorella. "E dove andate?"

"Ad aiutarti," fa Teddy. Parla con voce profonda e spessa, più animale che umana.

Mi sfrego il viso. Devo pensare, capire cosa fare per Wren, ma i pensieri corrono in cerchio. Darius mi posa una mano sulla schiena – mi stabilizza. "Non puoi... non posso chiedervi di farlo." So che hanno detto che l'aiuteranno, ma si ritroveranno davanti Thom e tutte le guardie! "Sarà pericoloso."

"Noi ci andiamo a nozze col pericolo!" intonano i tre gemelli.

"Stai con Darius," dice Matthias. "Quindi sei della famiglia."

Non so che dire. Posso solo guardarli tutti con la gola intasata dall'emozione.

Il grosso orso fa capolino dal portone e grugnisce. Farebbe pure paura... non fosse che so che è fratello di Darius. E poi sul muso peloso ha un'espressione molto accorata.

"Ti ha detto di non preoccuparti," traduce Axel.

Mi viene una voglia improvvisa d'accarezzarlo sulla testa, ma non so se sia educato. Perciò annuisco e mi asciugo le lacrime di rabbia.

"Ti riporteremo Wren," fa Darius. Mi prende nelle sue potenti braccia, e io mi lascio affondare nella sua stretta.

"Eccome," dice Hutch mentre i fratelli si accalcano attorno a me per consolarmi. "Scopriranno tutti... che agli orsi è sempre meglio non rompere le palle."

Capitolo undici

P*aloma*

Ho avuto per tutto il volo lo stomaco annodato. Darius mi ha permesso di usare un portatile, e ne ho approfittato per fare a mia volta leva su Thom.

E adesso, da New York City a Lockepoint, sono un disastro totale. È orribile tornarci dopo aver tentato di scappare per anni – ma ancor più tremendo è immaginarsi le cose ignobili che Thom potrebbe fare a Wren non arrivassimo in tempo.

Scaccio le lacrime con un battito di ciglia. *No, non posso pensarci.*

Darius mi stringe la mano. Siamo sul fondo di un aereo militare riconvertito. Mi siede di fronte Matthias, che rovista nel kit di primo soccorso.

Le casse gracchiano all'annuncio del pilota. Il chiasso è notevole, ma non si capisce niente.

"Ci avviciniamo ora a Lockepoint," traduce Teddy. Sta a qualche metro da Darius, accanto al suo amico ex militare di Taos. Sono mutanti anche loro. Facevano tutti parte di una squadra di operativi speciali dell'esercito, ma adesso hanno un'azienda di sicurezza privata.

"È strano star qua dietro con voi invece che ai comandi?" chiede a Teddy.

Si stringe nelle spalle. "Buddy pilota alla grande. L'ho addestrato io."

Faccio guizzare lo sguardo fra i due gemelli. Temo non abbiano avuto il tempo di discutere del litigio: l'hanno tranquillamente messo da parte per aiutarmi a salvare Wren.

Sono scesi in missione tutti i fratelli Bad Bear. Cinque vengono in elicottero, mentre Darius, Teddy e Matthias sono con me. Ci sono anche gli amici di Teddy, i soldati della *Black Wolf Security* di Taos. Hanno portato loro l'aereo.

"Ma come avete fatto a recuperare tutta quest'attrezzatura?" Indico qua e là. La maggior parte dello spazio è occupata da una lucida barca di metallo grigio.

"Amici d'alto profilo," fa Darius.

"Di basso, più che alto." Quello di Taos si sporge per spararmi un sorrisone. Mi ero già accorta che è uno sciupafemmine. Credo si chiami Lance. I denti bianchi gli risplendono, sul viso dipinto per mimetizzarsi.

Io, Teddy, Matthias e Darius non abbiamo addosso colori da guerra – ci siamo limitati alla tenuta da combattimento dell'esercito. Porto un giubbotto antiproiettile che sulle spalle pesa come piombo. È necessario però, dato che sono l'unica non mutante. I quattro della *Black Wolf* si sono messi una tenuta altamente tecnologica che gli permetterà di mirare velocemente al buio.

Qualche giorno fa non sapevo neanche dell'esistenza dei mutanti... e adesso rischiano tutti la vita per salvare mia sorella. Spaventoso. Sono passata dalla reclusione forzata nella torre per farmi usare – insieme ai miei doni – a circondarmi di nuovi amici che non sanno – o se ne fregano – se ho bizzarre intuizioni che fanno guadagnare in borsa.

Il capo dell'azienda, un tipo alto dai capelli scuri di nome Rafe, fa a passo di marcia il giro della barca e ci si para davanti. Trasuda tanta calma e concentrazione da ispirare sicurezza. Tipo Matthias.

"Siamo pronti. Scaricheremo la barca. Poi voi quattro" – indica me, Darius, Matthias e Teddy – "vi ci paracaduterete. Buddy mollerà noialtri più vicino alla spiaggia. Scaveremo un buco e vi copriremo così che possiate filare dritti alla villa."

Cerco d'immaginarmi i passaggi, ma non vedo altro che un miscuglio di scene di ogni singolo film d'azione abbia mai visto.

"Ricevuto?" Ha finito. Ho la sensazione stia ripetendo il piano per i civili. Ho la bocca secca, però annuisco.

Si alza Teddy, che prende tre paracadute e aiuta Matthias e Darius ad agganciarseli. "Paloma, tu sei con Darius."

Il cuore sta per scoppiarmi fuori dal petto, però mi tiro in piedi perché Darius mi agganci a sé. Il folle battito si placa quando mi appoggio a lui e m'immergo nel suo calore.

"Divertitevi, piccioncini," fa Lance.

Darius ringhia, ma io alzo la mano e gli mostro il medio.

A Matthias scappa una risatina. Uno della *Black Wolf* latra una risata. Fingendosi ferito, Lance si schiaffa la mano sul cuoricino.

Rafe scuote la testa. "Ti serva da lezione, bello." A me dice: "Benvenuta in squadra."

Suona qualcosa e quasi salto per aria dalla paura! Mi aggrappo alle tasche laterali del giubbotto di Darius. Siamo faccia a faccia... ah, mai ero stata così grata di avere accanto un enorme vichingo! "Presa, principessa," tuona. "Anzi: principessa guerriera." China il capo per sfiorarmi le labbra con le sue.

"Ooooh..." intonano Lance e un collega. "Momento bacino!"

Gli mostriamo il medio senza neanche interromperci. Mi sorride contro la bocca, e trovo abbastanza fiato da ridacchiare. Non sapevo che gli operativi speciali fossero tanto scemi.

Poi Rafe dà il segnale e il fondo dell'aereo si apre. Il vento mi ulula a qualche manciata di centimetro di distanza. Sono percorsa dall'adrenalina. M'infilo e aggancio un paio di occhialini di sicurezza notturni.

Darius stringe la presa su di me.

Rafe ci fa i pollici alti. S'innesca un meccanismo che schiera un paracadute bianco grigiastro. Vola fuori per primo in un luccicante cerchio nella notte buia. La barca lo segue.

Rafe e il resto della squadra si posizionano al centro dell'aereo. Si sono agganciati a delle cinghie per non volar via quando s'avvicinano al portellone.

Teddy li supera tutto tranquillo e, senz'alcuna esitazione, salta nella notte. All'inizio le gambe sembrano volargli per aria... ma poi sfreccia come un razzo verso la barca.

Matthias s'infila gli occhiali in tasca, chiude la cerniera e passeggia fino al bordo del velivolo. Si lascia andare spalancando le braccia all'ululato del vento.

Adesso tocca a me e a Darius. Mi si rovescia lo stomaco a mano a mano che ci avviciniamo alle fauci tenebrose e sferzate dall'aria gelida.

"Andiamo, su," urlo. E il vento mi ruba il fiato di bocca.

Cadiamo, precipitiamo velocissimi verso l'oceano intorbidito. Riesco a malapena a tenere gli occhi aperti contro l'aria fredda.

Si sente uno scossone e Darius apre il paracadute. Mi aggrappo a lui e batto rapidamente le palpebre per pulirmi gli occhi annacquati, ora che fluttuiamo più delicatamente. L'aereo ci ruggisce sulla testa, diretto a una lontana striscia di sabbia.

Oltre la spiaggia risplende la villa di Lockepoint. Sono illuminate tutte le finestre di tutti i piani. È bellissima... e pateticamente priva di sentinelle.

Tutta quest'arroganza sarà anche la sua fine.

Il mezzo si piega per abbassarsi. Contro alle luci luminose di Lockepoint si vedono le quattro ombre scure saltar fuori dalla pancia. Toccano tutti l'acqua con un minimo schizzo.

"Ma non hanno i paracadute!" Inspiro forte.

"A loro non servono. Sono mutanti. Sopravvivono a uno schianto in acqua," mormora Darius. "Prenderanno la spiaggia e ci apriranno la strada per l'attracco."

Il vento mi soffia i capelli in viso. Ci avviciniamo con calma al mare. Mi preparo all'impatto. Non tutti gradiscono fare il bagno in novembre...

Abbasso la testa. "Guarda!" Gli tiro il giubbotto.

Sotto Teddy e Matthias sono atterrati sulla barca. Al timone c'è il primo; viene verso di noi.

"Tempismo perfetto." Darius armeggia con un qualche meccanismo del paracadute e ci fa virare leggermente a destra. Teddy si sistema. Matthias si alza, pronto a prenderci. Zuppi, gocciolano entrambi.

"Attenta adesso." Darius molla il paracadute e precipitiamo – la distanza ormai è breve. Digrigno i denti per non urlare.

Posa i piedi sullo scafo di metallo con un tonfo. Non so come, ma si tiene in equilibrio malgrado la barca beccheggi sul mare mosso. Sarà l'ennesimo vantaggio di essere mutante.

Si sgancia da tutto e mi controlla mentre Teddy punta alla spiaggia. Ho le gambe di gelatina, ma mi aggrappo a lui per restare dritta.

E di colpo mi stringe a sé e mi abbassa a terra, dove si curva per coprirmi col suo corpo. Mi fischiano le orecchie – in lontananza crepiti e i botti di risposta dei mitra.

"Stanno assaltando la spiaggia." Teddy rallenta e il vento muore.

"Non dovremmo aiutarli?" domando sempre da qua sotto, soffocata da Darius.

"No. Se la cavano benissimo. Aspettate il segnale."

Rifilo uno schiaffo al braccio a Darius. "Puoi anche farmi alzare, eh."

"Ha il giubbotto antiproiettile," fa Matthias. "Ricordi?"

"Scusa." Mi aiuta a tirarmi su. Ha gli occhi accesi, luminosi. "Proteggerti è la mia priorità numero uno."

"Tieni." Matthias gli porge un caschetto nero opaco. Darius mi aiuta a indossarlo. Ho accettato di mettere l'auricolare perché è antiproiettile, ma dev'essere ben di più: il vetro a protezione del viso mi fa vedere al buio. Il mondo risplende di verde, e persino da quaggiù scorgo le tracce termiche bianche e gialle della squadra! Le osservo affascinata scivolar su per le dune per piombare ciascuna su una guardiola. Su e giù per la striscia sabbiosa esplodono tenui boati quando caricano e poi schizzano via a velocità spaventosa per far fuori i sopravvissuti alle esplosioni.

"Dobbiamo avvicinarci, così saremo pronti," dice

Matthias. Attraverso il casco le voci sono amplificate – il crepitio delle pallottole invece par attutito.

"Ci sono." Teddy ci avvicina. "Aspettate."

"Cosa?" La mia, di voce, echeggia per il casco – ma i gemelli mi hanno sentita benissimo. Sulle montagne Hutch mi ha detto che i mutanti hanno un udito più acuto e che vedono al buio. E ora comincio a capire perché le operazioni speciali siano perfette come lavoro per loro...

"Il diversivo," fa Teddy.

Esplode un forte fischio e nel cielo dietro a Lockepoint esplodono dei mortaretti.

"Ci siamo." Matthias fa un sorrisone. "Per gentile concessione di qualche altro amico dell'Arizona. Si sono intrufolati su dalla strada."

Ne scoppiano altri – sul cielo piove un arcobaleno di colori.

Compaiono due elicotteri – uno da est e uno da ovest. Sorvolano la villa dalle due direzioni opposte e stazionano sui timpani. Dai mezzi cala una corda, e due ombre scure scendono sul tetto.

Non posso esserne sicura... ma mi sa che uno porta il kilt.

"Axel e Canyon," mormora Darius.

Un elicottero s'inclina di lato, e una figura enorme balza sullo scosceso tetto della torre che una volta mi faceva da camera da letto. Sale sulle zampe posteriori e agita una zampona ai piloti, che filano via.

"Ma è..."

"Sì: Everest," mi dice Matthias. "È l'ultimo passaggio dell'attacco aereo."

L'orso ricade a quattro zampe ed emette il rimbombo di un ruggito.

Teddy sta armeggiando col motore. "Preparatevi,"

ringhia. Sfiorando appena l'acqua, puntiamo dritti alla spiaggia.

Mi s'irrigidisce ogni singolo muscolo del corpo – mi aspetto lo schianto! Invece Darius mi prende, si accovaccia e salta appena affondiamo nella sabbia.

Lui e Matthias atterrano fianco a fianco. Istantaneamente ci fiancheggiano due figuri tutti vestiti di nero – il casco mi dipinge il loro calore d'oro luccicante: Lance e Rafe.

"Sbrighiamoci," fa il secondo. Con Lance – anche lui armato – si abbassa per coprirci mentre risaliamo la spiaggia di corsa. Lascio sia Darius a portarmi – corre più veloce di me, e dobbiamo andare subito da Wren.

Pochi secondi e ci ritroviamo davanti a una serie di porte. Matthias le abbatte a calci e per primi entrano Rafe e Lance; alzano le pistole.

"Libero," urlano – e proseguono la corsa. Ci spostiamo per la villa; prima Rafe e Lance ci controllano ogni stanza, poi arriviamo io, Darius e Matthias.

C'è un silenzio inquietante. I mirini scivolano sui pavimenti di marmo. Testimoni muti dell'invasione sono gli inestimabili quadri alle pareti.

"Ala ovest," dico. "Thom l'avrà messa lì, nella stanza antipanico. E ci saranno un sacco di guardie."

"Non più," dice qualcuno. Gira l'angolo a grandi passi Canyon, che si blocca di colpo quando si ritrova il punto rosso del mirino in pieno petto nudo. "Siamo entrati dal tetto, ne abbiamo fatti fuori un paio di dozzine in un sol giro. Everest ne ha lanciati un pochi fuori dalle finestre. Com'è che si dice?"

"Defenestrare." Dietro compare Axel. Pare... mangiare una mela! "Per l'ala ovest è tutto libero."

"Andiamo allora." Avanzo. "Da questa parte."

Darius e i fratelli mi seguono. "La stanza antipanico si trova di sotto. Lì ci saranno altri uomini."

"Ce ne occuperemo noi," brontola Matthias – gli occhi gli luccicano d'un azzurrino inquietante. "È ora di dimostrargli quanto sanno esser cattivi i nostri orsi."

Capitolo dodici

*D*arius

Marciamo giù per il corridoio. Cerco di stare un passo avanti a Paloma per beccarmi al posto suo eventuali proiettili, ma fa strada lei.

Dietro si sente uno scricchiolio di plastica. Alex ha finito la mela e sgranocchia altro. Riccioli di mais, a giudicare dall'odore.

"Come cavolo fai a mangiare in un momento del genere?" fa Lance.

Axel si stringe nelle spalle.

"È un patito degli snack," dice Canyon. "Mi hai portato qualcosina?"

"No." Rovescia il pacchetto per farsi piovere in bocca le ultime briciole.

"Concentratevi," ordina Matthias. Per fortuna c'è lui. È uno dei pochi – mamma a parte – capace di tenere in riga Alex e i tre gemelli.

Io ho cose ben più gravi di cui preoccuparmi.

Lo sento. L'orso. Sta cercando di esplodermi fuori.

Non adesso, gli dico.

Compagna. Mi spara un'immagine di me in forma d'orso che stringe Paloma. *Tienila al sicuro.*

Sì. Digrigno i denti per costringerlo alla resa. Ci manca solo che ceda il controllo a lui. Devo restare in me.

Siamo arrivati al corridoio in cui Axel e Canyon ne hanno ammazzati un pochi. Corpi ovunque. Sangue che tinge le pareti – li hanno scagliati contri i muri. Orme d'orso insanguinate conducono su per le scale. È passato Everest.

"Giù per di qua," ci fa Paloma. Resta indietro mentre Rafe e Lance ci portano giù per la prima rampa. "La stanza antipanico più grande è nel sotterraneo."

A ogni passo cresce la tensione.

Arriviamo a una porta chiusa con tastierino e sensore d'impronte digitali.

"Fatemi provare." Paloma avanza e vi posa la mano, ma il lampo è rosso.

"Piano B," dice Rafe. Dà un pugno al muro e strappa via del tutto il tastierino. Scendono delle sbarre di metallo, ma le pigliamo al volo. Tutti tranne Paloma. Ci vuole tutta la nostra potenza, ma le curviamo e creiamo un buco per strappare l'intera cornice di metallo della porta.

Ci si apre davanti un passaggio buio – salvo per i flash di luci arancioni.

"Non ha senso far piano. Tanto lo sanno che siamo entrati," grida Rafe. Lui e Lance si fiondano dentro. Io e Matthias andiamo per secondi – ciascuno a un lato di Paloma. Chiudono la fila Axel e Canyon.

La teniamo in mezzo per proteggerla in un muro mutante che si becchi il peggio di un'eventuale aggressione.

E per fortuna – perché tre secondi dopo c'imbattiamo in altre guardie!

* * *

Paloma

Rumore di spari e un ruggito di dolore. In un attimo mi ritrovo schiacciata contro la parete, coperta da Darius. Sbircio oltre il suo braccio.

Il casco tinge il corridoio d'un verde inquietante – tanto per cambiare. Figure dorate sfrecciano da tutte le parti. Lance e Rafe si accovacciano per rispondere al fuoco. I fratelli corrono in avanti per far fuori i tiratori.

Mi capita di girarmi indietro. "Attenti!" Un'altra ondata di uomini si riversa giù per le scale.

Axel e Canyon si voltano... e saltano fuori delle reti. Atterrano sui giovani; le maglie luccicano coi lampi. Canyon si contorce fra le urla.

Darius impreca.

"Va'." Lo spingo. Vorrei essere armata e rendermi utile... invece mi abbasso per non farmi prendere mentre Darius si butta nella mischia.

Per un attimo non ci sono altro che spari, grida e ruggiti. Gattono verso l'orso più vicino: Axel. La rete è insolitamente pesante, tipo quella per pesci ma di metallo, però riesco a sollevarne un angolo. Trasalisce e se ne tira fuori fra le contorsioni. Strisciamo da Canyon. Urla quando gliela tiriamo via, e se ne resta disteso fra i brividi. Le luci lampeggiano   ne illuminano il torso nudo. È segnato da un incrocio di linee rosse, come ustionato.

"Cos'è successo?" chiedo ad Axel.

"Argento." Anche lui ha segni rossi in viso, dove la rete gli si è posata sulla pelle nuda. "È veleno per i mutanti."

Mi si gela il sangue nelle vene. Le nuove guardie hanno armi che li feriscono! "Ma allora..."

La luce si accende definitivamente. Resto accecata per un secondo, poi il casco si adatta.

Darius, Matthias, Rafe e Lance si stagliano sui corpi

impilati attorno a noi. "Sanno cosa siamo," rantola Rafe. "E come ucciderci."

"No," ansimo. È un incubo. I mutanti stanno rischiando tutto per aiutarmi... e adesso sono in pericolo anche loro!

Crepita un cicalino. Rafe e Lance portano contemporaneamente le dita agli auricolari.

"Rapporto dall'esterno. Sono arrivate altre truppe di Thompson," fa Lance. "Hanno preso Deke e Channing."

"Digli che hanno reti d'argento," fa Matthias. È accovacciato accanto a Canyon e Axel, gli controlla le ferite.

"Ce la caveremo," gracchia il primo. È tutto segnato, poverino... a lui è andata peggio perché non ha la maglietta. Axel è rimasto ferito solo su braccia e faccia. Matthias e Axel lo tirano in piedi.

"Non c'è tempo." Spinge via Matthias. Si appoggia ad Axel; barcollano, però restano su.

"Dobbiamo trovare Wren," fa Axel. Gli occhi gli fiammeggiano di verde.

"No, siete feriti. Subito in forma d'orso!" ordina Matthias. "Guarirete prima."

"Ma..." protesta Canyon.

"Subito!" Il ringhio echeggia e rimbomba come in un anfiteatro. Mi viene la pelle d'oca.

Canyon e Axel ubbidiscono. Scendono a quattro zampe a schiena curva. Un secondo dopo sono orsi.

"Andate," ordina ancora Matthias. "Prendete Everest e andatevene con qualsiasi mezzo." Aspetta che partano pesanti per girarsi poi verso Rafe e Lance. "Anche voi. Coprite i miei fratelli e poi rinforzate la squadra."

"Sicuro?" domanda Rafe.

"Ci arrangiamo," brontola Darius. Si volta e lo seguo inciampando sulla rete rimasta a terra. Mi sostiene lui. Matthias chiude la fila. Rafe e Lance sono spariti.

Arriviamo alla rotonda porta della camera blindata, in fondo al corridoio. La stanza antipanico. Non ci sono guardie, ma entrarvi è impossibile.

È qui che entro in gioco io.

Mi levo il casco. L'aria fredda mi punge le tempie sudate. "Thom," urlo. "Volevi che tornassi. Be'... eccomi qui."

Capitolo tredici

P*aloma*
Non succede niente. Non risponde. Mi sprofonda il cuore.

Darius e Matthias avanzano. "Possiamo provare a forzarla..."

"No," dico. "Tutta la stanza è d'acciaio."

Matthias leva una mano. Le unghie gli sono diventati artigli. "Possiamo provarci comunque." Parla con voce spessa, come se le corde vocali avessero cominciato la mutazione.

"Ha Wren." Do uno scossone del capo. "Se ci proviamo potrebbe farle del male. Quella che vuole sono io."

Si sente un sibilo e arretro automaticamente. La porta si apre lentamente... su Thom! Tiene incollata a sé mia sorella. Che ha gli occhi chiusi.

Le ha posato sulla gola l'ago di una siringa piena di liquido chiaro. "Sei in ritardo."

Alzo le mani per mostrargli che sono disarmata. "Non vuoi lei. Vuoi me." Faccio un passo avanti.

"*Paloma*." Darius mi si para davanti.

Dalle tenebre dietro a Thom sbuca un uomo enorme. Ha un'arma dalla forma strana e con una canna gigantesca. Spara uno dietro l'altro due colpi.

Salto, ma prende Darius. Cade, ancora su di me. Pesa tanto che vacillo, e ci accasciamo entrambi a terra.

A qualche metro di distanza Matthias sbatte contro la parete. La mano gli vola alla spalla insanguinata. L'ha preso. Con un grugnito scivola giù lungo il muro, lasciandoci una strisciata sanguinolenta. La testa gli ricade all'indietro, chiude gli occhi.

Darius si spinge via con un gemito. Sanguina dal fianco, ma riesce ancora a muoversi. La pallottola deve averlo graffiato.

Sono libera. Posa le mani a terra – gli sporgono le vene del viso.

"Va'... via..." I suoi occhi sono pozze di fuoco. Gli si allungano i denti, che crescono fino alla mascella. L'orso sta per liberarsi.

Striscio indietro – giusto in tempo per far spazio allo scagnozzo di Thom, che lancia una rete d'argento.

Darius ruggisce tanto forte da assordarmi. V'è rimasto sotto – si contorce. Le ossa gli scoppiettano, strusciano le une sulle altre... è l'orso che lo combatte.

Il tipaccio alza un fucile.

"No!" Balzo su per mettermi davanti alla canna. "Non fargli del male." Sempre fra l'arma e Darius, mi volto verso Thom. "Vuoi me. Prendimi allora. Ma non far nulla a loro..."

"Ha ragione. Vale soldoni. Prendila," fa Thom al gigante.

Che s'avvicina viscido, con la grazia predatoria che ho già notato negli altri mutanti. Ha gli occhi neri come la pece. Come quelli di un demone da incubo.

Thom abbandona Wren – si accascia a terra con la testa che ciondola sul collo.

"Wren!" grido. Il bestione mi afferra. Mi dimeno, ma è come esser in una morsa di ferro. Ha la mano tanto grande da avvolgermi il braccio intero.

Sul fondo della stanza, Thom digita qualcosa in un tastierino.

"Che ha mia sorella?" gli ringhio contro. "Cosa le hai fatto?!"

"Te l'avevo detto che eri in ritardo." Il tastierino trilla e una porta si apre su un tunnel puzzolente di muffa. "Le avevo già fatto l'iniezione. Sfortunatamente però non potrò star qui a guardarla crepare."

"No!" Sotto alla rete Darius ruggisce. Thom entra chinandosi nel tunnel e fa segno al bruto di seguirlo. Io pianto i piedi, ma invano: mi trascina via comunque.

* * *

Darius

Sono incastrato. Tutta la mia forza va alla lotta contro l'orso. I suoi tentativi di emergere mi fanno scricchiolare la spina dorsale. E la ferita al fianco non aiuta. La pallottola mi ha appena sfiorato, ma era d'argento. Sanguino, e il veleno mi sta inferocendo l'animale. Sto perdendo il controllo.

Posso solo guardare Thom e la guardia – chissà che mutante – trascinare Paloma oltre una seconda porta blindata. Che si chiude – la serratura scatta con un sibilo. Resto solo con mio fratello e sua sorella... entrambi caduti.

No. Vattela subito a riprendere, sbraita l'orso. Se mi tramuto adesso l'argento mi ustionerà tutto. Devo tenerlo a bada.

Accanto a me, Matthias geme. È stato ferito da un proiettile d'argento: e dalla debolezza estrema si vede che ce l'ha ancora dentro. Devo liberarmi dalla rete, se voglio aiutarlo.

"Matthias? Darius?" Teddy ruggisce dal fondo del corridoio. Si precipita da noi con un mitra in mano. Veste una tuta intera nera fatta del tessuto speciale usato dagli ex soldati in missione: si adatta alle mutazioni. È sporco di sangue su faccia e barba. Lo scontro sulla spiaggia dev'essere stato brutto.

"Qui," urlo.

Si avvolge le mani nel giubbotto antiproiettile strappato venendo qui da una guardia morta, prima di afferrare la rete e farmene uscire. Mi alzo affogato nell'adrenalina. Si gira per accovacciarsi accanto a Matthias.

"Cos'è successo?"

"Gli ha sparato la guardia di Thom. Hanno preso Paloma."

Serro i pugni per reggere l'orso. Le unghie mi sono diventate artigli che lacerano i palmi.

Fammi USCIRE.

Mai.

Teddy mi guarda accigliato, ma torna a posare Matthias contro la parete. È vivo – i canini si sono allungati perché l'animale sta combattendo il veleno.

"Spalla," rantola Matthias. "Argento."

Teddy alza la mano e le unghie si fanno artigli. Gli squarcia la pelle. Matthias ruggisce abbastanza forte da scuotere le pareti mentre glielo ripesca.

Sconfiggo l'orso e mi alzo per andare da Wren. Giace accasciata a terra con gli occhi chiusi, il volto pallido. Le metto una mano alla gola in cerca del battito.

C'è, ma debole.

"No," rantolo. "No…" Ho deluso Paloma!

Ho deluso Wren. Ho deluso tutti.

Teddy aiuta Matthias ad alzarsi in piedi, e lui zoppica da me.

"È troppo tardi," dico. "Le ha fatto l'iniezione… come aveva detto."

"Sollevala." S'inginocchia accanto a me. La spalla è un macello sanguinolento, ma ha un'aria determinata. Si apre il giubbotto per prenderne un panno in tessuto avvolto con cura su delle fiale. Ne solleva una e prepara una siringa. "Mettetela dritta."

È Teddy il primo a reagire: si abbassa per farle scivolare delicatamente una mano sotto, in modo che stia seduta.

Le cullo la testa. "Va tutto bene, Wren. Siamo amici di Paloma."

Mormora qualcosa, ma senza aprire gli occhi. Le somiglia molto: ha lo stesso viso a forma di cuore, gli stessi capelli scuri… è più magra e ha ossa sottili, come l'uccellino che le dà il nome: lo scricciolo. È lieve come una manciata di piume.

"Allungale il braccio," ordina Matthias. È entrato in piena modalità 'medico'. O alfa, forse. Di sicuro ha usato il comando con Axel e Canyon.

Le tampona sul braccio l'antisettico. Che arti minuscoli e fragili in confronto alla sua manona…

"Wren, ascoltami." Parla con voce profonda, consolatoria. "Ti riprenderai. Ho l'antidoto." Prepara la siringa e verifica non vi siano bolle d'aria.

"Cos'è?" chiedo. È un liquido chiaro, ma la vista mutante individua una flebilissima sfumatura rosa.

"Un cocktail speciale che ho creato io stesso. Include una panacea donatami da un amico vampiro."

Il sangue di vampiro può guarire gli umani!

Lo osservo iniettarle il sangue e chino la testa sulla ragazza. Persino l'orso tace: speriamo entrambi che funzioni.

Il silenzio tombale viene infranto dal suo acuto trasalire.

"Il cuore batte più forte." Matthias si alza e riavvolge il kit nel panno. "Ma dobbiamo portarla via."

Mi alzo con Wren in braccio. "Io devo cercare Paloma."

Teddy si gira. "Allora bisogna far sparire la porta." Un lampo degli occhi e squarcia la parete accanto alla porta blindata. Stacca pezzi di cartongesso e colpisce un muretto a secco. Non si ferma a preoccuparsi delle pietre, ma dà artigliate tutt'attorno all'intelaiatura d'acciaio.

"La porto via io." Matthias tende le braccia. Vi appoggio con cautela Wren; poi se la culla sulla spalla illesa.

Mi volto per aiutare Teddy ad aprire il muro. Il suo corpo cresce, i muscoli si gonfiano nella stazza pelosa di un orso. Col potere dell'animale strappa la porta dalla parete.

Poi si gira a guardarmi come orso. *Va'*, par dire. *Riprenditi la tua compagna.*

"Tieni Wren al sicuro." Gli do una pacca sulla spalla, prima di sfrecciar giù per il tunnel buio.

Sento Teddy voltarsi per seguire pesante Matthias. Porteranno fuori la ragazza. Mi fido di loro.

Sono a metà tunnel... quando mi arriva una zaffata dell'odore di Paloma.

E poi devo reggermi al muro rivestito di muffa per impedire all'animale di esplodere.

Fammi uscire. Tocca a me adesso.

"No." Digrigno le zanne – quasi cado in ginocchio. "No." *Così perdiamo tempo!*

Soffia verso di me dell'aria fresca. Sono quasi in fondo. Devo combattere l'orso a ogni passo – la schiena si curva, i muscoli si tendono. Ne esco piegato a metà.

Mi stanno aspettando i soldati. Vengo colpito da un

turbinio di frecce. Ne estraggo una con un ringhio e mi brucio le dita con la punta argentata. La getto via e mi spazzolo via le altre, ma ho il flusso sanguigno in fiamme. Faccio un passo e m'investe un'ondata di debolezza. Gli arti si fanno piombo, e incespico.

Una rete d'argento mi schiaccia a terra... e il veleno che mi scorre nelle vene mi trascina nelle tenebre.

Capitolo quattordici

*D*arius

Nuoto in un mare di dolore. Spari e urla risuonano in lontananza... poi sento il clangore di sbarre che sbattono giù.

Rinvengo quando una mano tenera si chiude sulla mia. Scatto, ma Paloma mi zittisce. "Ssh, Darius. Ci sono qua io."

"Principessa?" Apro appena gli occhi, ma è tutto sfocato. Mi duole la testa come me l'avessero spaccata a metà con una mazza.

"Oh, grazie al cielo sei sveglio!" I suoi morbidi capelli mi ricadono sulla guancia, e giro la testa per abbeverarmi del suo profumo dolce.

Mi brucia la pelle dove ho toccato la rete, ma è niente in confronto all'incendio che mi monta dentro. Con qualsiasi cosa abbiano imbevuto le frecce, era veleno. Mi sento debolissimo.

"Dov..."

"Ci hanno portati via. Ho sentito una guardia dire che siamo in una tenuta privata, ma non so dove. Mi hanno drogata. Ci hanno drogati tutti e due." Ha l'affanno. Dal pianto.

Vorrei alzare la mano per consolarla, ma non riesco a sollevarla più di qualche manciata di centimetri. Me la prende lei, e la tiene con entrambe le sue.

Devo dirle una cosa importante. Mi avventuro nella nebbia per ricordare cosa.

"Wren," biascico.

"Lo so." Un singhiozzo le spezza la voce. "Thom l'ha avvelenata. Ancora la percepisco, ma dev'essere morta ormai..."

"No. Matthias. Farmaco." Ho le labbra pesanti, ma le costringo a dar forma alle parole. "È... viva."

"*Ay, Dios mio!*" Trasalisce. "Oh, grazie!" Si porta la mia mano al viso. Sento la pioggia di lacrime.

"Va tutto bene."

"Ne usciremo. Te lo prometto."

"Io non ne sarei così sicuro," rantola qualcuno. Mi colpisce un acuto odore di garofano, e il pesante tonfo di stivali me l'avvicina ulteriormente. "Dategli un'altra dose. È sveglio."

"Basta!" sbotta Paloma. "Ma che fate?" Mi molla la mano e capisco che si è alzata per difendermi. "Lasciatelo stare!"

Mi romba il petto quando l'orso dà voce all'ira che lo pervade. Si sente uno sciabordio e un'altra freccia mi punge il petto.

"Lo fa solo dormire, su," rantola il tipo. "Miscela speciale per mutanti. Brucerà, ma non c'è abbastanza argento per ammazzarlo."

Sento Paloma combattere e l'animale spinge per emergere, facendomi alzare in piedi. Ma la freccia ha fatto il suo lavoro: mettermi in circolo il sedativo. Me ne sto andando di nuovo...

Una mano pesante mi atterra sul petto per spingermi giù con facilità fin ridicola. L'intorpidente odore di chiodi di garofano mi fa soffocare. "Riposa, uomo orso. Più tardi ci servirai."

* * *

Paloma

Lo guardo accasciarsi. Quello che gli sta sopra dev'essere un mutante. È enorme e sfregiato in viso. Grandi occhiali scuri ne nascondono gli occhi demoniaci.

Posa la balestra e si volta verso di me. "Il signor Thompson vuole vederti."

Incrocio le braccia sul petto. "Se pensi che gli ubbidirò ti sbagli di grosso." Adesso che so per certo che mia sorella è viva, tutte le mie emozioni sono ridiventate rabbia.

"Come preferisci." Fa spallucce. "Non sono io ad avere un uomo orso in punto di morte."

"Cosa volete fargli?" Chissà, magari la voglia di gongolare gli farà dir tutto... non so come siamo messi. Gli uomini di Thom mi hanno messa k.o. con un tranquillante. Mi sono svegliata qui, in questo freddo hangar dalla pavimentazione di cemento, distesa su un tavolo simile a quelli dei medici – accanto a Darius. Lui è legato con catene d'argento, ma io posso muovermi liberamente. Per adesso.

Il bestione non risponde. La porta in fondo allo stanzone si spalanca di colpo, e trotterella dentro Thom seguito da un gruppo di guardie.

"Paloma," urla con la sua vocetta. "Che hai combinato?"

Mi muovo per piazzarmi fra lui e Darius. Viene da me

171

battendo i piedi. Si crede intimidatorio, col volto rabbioso e gli uomini armati... ma io non ho paura: non provo che odio. Ha tenuto me e mia sorella prigioniere. Ha cercato di uccidere Wren – quasi riuscendoci! Ha cercato di far uccidere i miei amici.

Merita quel che lo aspetta... e non solo.

"Bimbetta perversa..." La pelle solitamente pallida si tinge d'un rosso malsano. "Come osi prendere di mira il mio fondo?!"

So perché è tanto furioso: ha scoperto cos'ho fatto sul volo – trascorso interamente operando in borsa in modo da far crollare la *Thompson Capital*. Sapevo esattamente quali sono le sue holding... e come attaccarle.

"Che c'è, Thom?" Voglio provocarlo. "Qualcuno ha aumentato i profitti delle aziende di cui sei a corto? Un paio d'accordi chiusi e ti troverai... be'... in lievissima difficoltà."

"Stronza!"

"Attento." Mi esamino le unghie. "Ti farai venire un altro infarto. Parliamo di qualche centinaio di miliardi appena, suvvia..."

"E troverai il modo di farmeli rifare. Fino all'ultimo centesimo. Altrimenti..."

"Altrimenti cosa? Sacrificherai un bambino innocente? Ne ho abbastanza delle tue minacce, Thom. Non puoi ammazzarmi: finirebbe tutto. Non hai niente. Non *sei* niente. Questo vali in realtà, vero? Hai ereditato una fortuna e in un solo decennio sei riuscito a portare al crollo le aziende di famiglia!"

"Chiudi quella boccaccia..." Avanza per picchiarmi, ma gli schiaffo via la mano. Non è abituato alla ribellione.

"Conosci la verità: l'unica cosa che hai fatto è stata assassinare i miei e tenere me e Wren prigioniere perché ti costruissi una fortuna. E con qualche clic del mouse te l'ho portata via. Sei un fallito. E il mondo lo scoprirà."

"Mi ridarai tutto ciò che mi hai portato via. Ti terrò incatenata qui, non rivedrai più la luce del..."

"Non lavorerò *mai più* per te." Faccio della rabbia un'arma. Non mi ero mai sentita tanto potente con Thom – ero troppo intrappolata nella sua rete. Ma adesso che Darius mi ha liberata sono un'altra persona.

Incapace di parlare, si limita a sputacchiare.

Viene interrotto dallo squillo di un telefono. Prende il cellulare e quando vede il nome sullo schermo s'irrigidisce tutto.

"È uno degli investitori tuoi amici?" Diventa rosso peperone – ah, allora ci ho preso! "Non sarà contento di tutti i soldini che gli hai fatto perdere..."

"Oh, lo sarà invece." Lo rinfila in tasca. Respira affannoso, ma gli penetra nella voce una punta di trionfo. "Perché non solo ti farò ricostruire i miei investimenti... ma anche i loro. E avrò anche dell'altro da offrirgli." Indica Darius. "Una bella caccia al mutante."

Inspiro forte – pare mi abbia dato un pugno allo stomaco. Il suo sorriso mi fa accapponare la pelle. S'insinua il terrore, che mi dissangua di tutta la rabbia e del potere che provavo fino a un secondo fa. "Non lo faresti mai..."

Come in vantaggio, ridacchia. "C'è una cosa che non ti ho mai detto, figlioletta cara: faccio parte di un club esclusivo. Ci siamo chiamati *i venatori*. Viene dal latino *venatores*, e sta per *cacciatori*. E indovina che creature ci piace cacciare?"

"*No!*" gracchio. Non voglio crederci... però torna. Catene d'argento, reti, tranquillanti: gli uomini di Thom erano preparati a fermare un mutante. C'è una ragione se mi ha detto di portarmi dietro Darius – e non era certo vendicarsi.

Che pervertito!

"Eh sì. I soliti giochini non sono più sfide ormai. Per questo ho invitato Darius a Lockepoint: per confermare ciò che Hannibal aveva già annusato." Va verso il bestione sfregiato.

È enorme. Dev'essere un mutante anche lui... solo che si è rivoltato contro i suoi simili. Chi infatti meglio di un mutante può insegnare a dar la caccia ai mutanti? Ne conoscerà tutti i punti di deboli!

Thom piega di lato la testa. "Credi che i fratelli di Darius verrebbero a salvarlo, mandassimo un segnale?"

Acqua gelata m'inonda le vene al pensiero dell'irruzione che farebbero qui per salvarci – e alla cattura cui, uno dopo l'altro, andrebbero incontro. "No," gracchio. "Non puoi..."

"Oh, sì invece. Darius sarà il primo a venir cacciato. Non appena avrà chiamato gli amici."

"Non li chiamerà mai!"

"Io credo di sì..." Un suo gesto e avanza una guardia; apre un kit medico e mi mostra le fiale che contiene. "Soprattutto se minaccio d'avvelenarti. Una cosa sui mutanti l'ho imparata: se la compagna di fato è sotto minaccia fanno qualsiasi cosa."

* * *

W*ren*

"Sicura di volerlo fare?" domanda il medico, questo Matthias. È seduto accanto al letto della stanza degli ospiti che mi hanno dato. Dietro di lui, sulla soglia, stanno il biondone enorme, Teddy, e la sua meravigliosa moglie Lana. Matthias e Teddy sono amici di mia sorella, e mi hanno salvata. Pare fossi sul punto di rimanerci per il veleno di Thom. Fortuna che Matthias ha saputo guarirmi.

Sto una favola al momento. Cavalco energia pura – invece di stendermi a riposare voglio fare qualsiasi cosa per aiutarli a trovare Paloma.

"Sicurissima." E prima che qualcuno possa ribattere mi stendo e chiudo gli occhi. Collegarmi psichicamente a mia sorella è facile come respirare; al momento i miei salvatori stanno facendo di tutto per trovar lei e il suo ragazzo, Darius. Thom li ha rapiti, e nessuno sa dove siano. Io posso usare però il mio dono per vedere il posto in cui si trovano – e chissà, magari anche scovare qualche indizio che ci aiuti.

Calmo il respiro, come insegnatomi da Paloma, e scivolo nella trance – un attimo dopo mi vedo dall'alto giacere a letto. Matthias aspetta al mio fianco, la testa chinata in riflessione. Teddy cammina avanti e indietro nel soggiorno suo e di Lana, quello della meravigliosa casa in montagna. Lei lo osserva preoccupata.

Mi sento sprofondare più giù e la visione svanisce. Espando il campo energetico immaginandomi una palla di luce pulsante sempre più grande... finché non si estende da un orizzonte all'altro. Mia sorella è là da qualche parte, e ne percepisco l'energia – oh, così simile alla mia!

D'un tratto è al mio fianco. Le voglio passare l'energia col mio tocco, ma è troppo tesa. Il campo suo è pieno di timori e pesanti tristezze. M'immagino luce e affetto fluttuare dal mio spazio al suo.

Il posto in cui si trova diventa più chiaro. Continuo a nutrirla di calore e lascio che la visione acquisisca consistenza.

Siede in una specie di grande magazzino pieno di guardie e scatoloni. Accanto ha Darius. Esamino ogni singolo dettaglio che la circonda per ricavarne un indizio utile.

"Sono in un magazzino nei boschi. Ad alta altitudine," mormoro.

"Bene, ottimo. Sono vivi? Che altro vedi?" fa Teddy.

"C'è Thom. Lui... non lo vedo, ma lo percepisco. Bleah."

Wren? Paloma mi sente vicina, ma non riesce a vedermi. Le lancio una nuvoletta d'amore. È ancora preoccupata e perplessa, ma accetta la mia presenza.

Soddisfatta, mi rivolgo a Darius. La sua energia è una scorticata ferita pulsante che non posso più ignorare: soffre un casino.

Scendo in ginocchio accanto a lui e cerco di mandargli energia guaritrice. Non faccio che percepire altra rabbia.

E poi la luce cambia e m'arriva una visione di Darius non come uomo... ma come enorme orso bruno.

"C'è un orso dentro Darius. Non so... be', così appare."

"È giusto, Wren. Darius ha un orso dentro, e se lo lasciasse uscire potrebbe salvarli. Puoi dirgli di liberarlo?" chiede Teddy.

Lo esamino. Sopra di lui c'è qualcosa che lo isola da me e chiunque altro – persino da Paloma.

L'ombra che incombe su di lui si solidifica in sbarre scure. L'orso è in gabbia!

Avanzo ed esce in sferzata una zampa rabbiosa – mi schiva per un pelo. Salto indietro. L'orso ruggisce d'un verso ferito, roboante.

"Lo so," gli faccio. "Non sei libero." Faccio il giro della struttura, ma è solida. Non riesco a capire come aprirla. L'orso non mi permette d'avvicinarmi per consolarlo.

Ho bisogno che qualcuno gli parli per calmarlo. Di me non si fida. Chi ascolterebbe?

Tutto d'un colpo, rieccomi nel mio corpo, nella stanza degli ospiti.

Apro gli occhi e mi tiro seduta, spaventando gli altri. Matthias, Lana, Teddy... mi guardano tutti in tralice.

"Tutto bene?" Matthias si sporge per verificare che sia a posto, e alzo la mano. Non voglio che mi tocchi. Sto per provare una cosa che non ho mai fatto.

Funzionasse... potrebbe cambiare le carte in tavola. Ma in caso contrario rischio di perdere mia sorella.

Perciò deve funzionare.

Mi volto verso Teddy. "Ho bisogno del tuo aiuto."

* * *

Darius
Mormorano. Mi sforzo di sentire, ma ho le orecchie piene del ruggito dell'animale.

E poi svanisce tutto... e sento Teddy chiamarmi! "Darius..."

Lo vedo chiaramente: esce a grandi passi dalle tenebre per venir da me.

"Fratello... cosa sta succedendo?" Il buio si dissipa. Ci troviamo entrambi in una radura del bosco. Ne riconosco ogni roccia, ogni albero. "Ma qui ci siamo cresciuti..."

Sto morendo? Questo s'intende quando si dice che ti passa tutta la vita davanti agli occhi?

"Dobbiamo parlare," fa. "Devo dirti una cosa."

"Non ho tempo, devo tornare da Paloma. Ha bisogno di me." Sento lontano dolore. Mentre io dormo stanno accadendo cose terribili.

"Ha bisogno di te, sì." Fa un passo avanti. "Ma tu hai bisogno dell'orso."

"Cosa?!"

"Fratello, ascoltami!" Mi fissa negli occhi. È come guardarsi allo specchio – si fosse rasato quel barbone. "Accettalo."

"Non posso." Mi ritiro con uno scossone del capo. "Non posso lasciarlo uscire."

"Sì che puoi. Anzi: devi."

"No. È troppo selvatico." Mi giro – ed eccola lì la roulotte nella quale vivevamo. Che distrussi. Sul lato c'è ancora il rientro... "Rovinerà tutto."

"Può aiutarvi. Può salvarti!"

"No. Sa solo distruggere." Sento i peli crescermi sul mento, allungarsi in una barba uguale a quella di Teddy. Forse per questo mi sono rasato: per non somigliare troppo a mio fratello. Per non apparire selvaggio.

E tutto per niente! L'orso cerca di scappare...

"Guarda!" Sventolo la mano verso la roulotte massacrata. "Guarda cos'ha fatto!"

"Devi accettare quel tuo lato. Devi essere chi sei destinato a essere."

"E Paloma? E se la ferissi? E se la spaventassi?!"

"È forte: non si spaventa facilmente."

"Se ne andrà!" urlo.

S'avvicina e lo spingo via.

"Come Winnie. Come la mamma."

"No..." Mi agguanta, mi avvolge attorno le braccione enormi. Non so come faccia, ma è più forte di me. Cerco di ribellarmi, ma non molla.

Mi tiene finché non mi arrendo.

"Se ne andò per colpa mia." Mentre ancora le parole mi escono di bocca le sento pronunciare da una vocina giovane. Mi rimpicciolisco finché non torno bambino.

Teddy si accovaccia per guardarmi negli occhi, ora che

sono così piccolo. "Non fu colpa tua. Non puoi incolparti." Si tramuta e diventa bambino anche lui. Niente tatuaggi e niente barba. È la mia immagine riflessa.

"Non fu colpa nostra," dice con la vocetta da settenne. "Scelse per conto suo."

"Sono solo come un cane..." La radura s'è rabbuiata.

"No, fratello: io non ti ho mai abbandonato." Mi cinge con le braccine magroline. "Né mai lo farò."

E poi torniamo adulti, nei nostri corpi. "Così come i nostri fratelli. Non ti abbandoneremo."

La radura è svanita, e anche la roulotte: è stata sostituita dalla baita di Bad Bear. La mia. La casa che ho rifiutato.

"E non lo farà neanche Paloma. Ma adesso ha bisogno di te!"

Dietro alla baita è appostata un'ombra. È troppo grande per nascondersi, perciò se ne sta lì impacciata a schiena china. Le luccicano gli occhi, la luce rimbalza sugli artigli grandissimi.

È un mostro abbastanza spaventoso da dare a un bambino una vita intera di incubi.

"Ti aspetta. È la tua forza. Devi farlo uscire."

Non dico nulla. Ormai mi mancano persino le energie per dirgli: "Non posso."

Teddy mi studia in volto e sospira. "È colpa mia. Ero selvatico come te. Litigavamo troppo. All'epoca non me ne rendevo conto, ma volevo provocarti perché accettassi l'animale. Lo avessi capito prima, avrei agito meglio: invece di aggredirti... ti avrei parlato."

Gli scocco un'occhiataccia. "È il mio sogno... e adesso ti prendi il palcoscenico?!"

"Non è un sogno. E la tua compagna ha bisogno di te." Gli lampeggiano gli occhi, e vedo il suo orso guardarmi. "Il tempo a tua disposizione sta finendo. Ricorda quello che ti ho detto."

Arretra chiudendo i pugni. Riconosco bene la posizione: sta per attaccare.

Alzo le mani. "Aspett..."

Abbatte le mie difese per colpirmi dritto in faccia.

* * *

Teddy

Mi sveglio sbracciandomi e ansimando. Stanno cercando di strangolarmi – butto fuori gli artigli per squartarli tutti!

"Teddy." È Lana. È subito accanto a me. "Va tutto bene."

Mi costringo a piantarla d'agitarmi tanto, di far tanto il selvatico. Sono nel soggiorno della nostra nuova casetta di montagna, disteso sul divano di pelle. Lei è vicino a me, seduta sull'ottomana. Dietro, in piedi, c'è Matthias.

Sul mio petto e a terra ci sono brandelli di tessuto celeste.

Me li spolvero via. "Ma che..."

"Era una coperta," fa Matthias. "L'hai distrutta."

Mi tiro seduto per sfregarmi il muso con tutt'e due le mani. "Scusate."

"Non fa niente." Lana mi porge la sua e aspetta che gliela prenda. La tiro in un abbraccio – quant'ho bisogno del suo solido calore...

Dopo un bel po', si scosta per permettere a Matthias di darmi un'occhiata. Mi sa che i segni vitali lo soddisfano, perché torna nella stanza degli ospiti e chiude piano la porta.

"Ha funzionato?" chiede Lana. "Avete creato una connessione?"

"Credo di sì. Boh." Lo stato di trance mi ha fatto fare un sogno così vero... "Ho visto Darius, gli ho parlato. Credo abbia ricevuto il messaggio."

Mi alzo; non ce la faccio più a star seduto. Mi pulsano le nocche, come avessi fatto a botte. Anche nelle visioni Darius ha la testaccia dura.

La porta si apre e Matthias ne esce insieme alla sorella di Paloma: Wren. È pallida e tremante, e corro ad aiutarla a sedersi.

"Ha funzionato?" domando. "Li hai raggiunti?"

"Ha funzionato."

Matthias l'aiuta a sistemarsi sul divano e ordina: "Fatele un po' di spazio."

Lana le sistema una coperta sulle spalle. Io faccio una corsa al frigo per prenderle un bicchiere d'acqua.

Glielo regge Matthias perché possa bere. Dopo un attimo le torna il colore alle guance e si schiarisce la voce. "Sono vivi. Li percepisco entrambi."

"Hai capito dove possono essere?" chiede Matthias.

Annuisce. "In uno stabile dalla struttura d'acciaio, tipo quelli dove si tengono piccoli aeroplani. Vi ho percepito molta terra intorno. Boschi. Qualche monte. C'erano scatoloni con un logo. Un cerchio attorno a una X. Tutti e due fatti di catene d'argento."

"Capito." Matthias si alza e pesca il telefono. "Informo Kylie. Sta tracciando tutti i voli privati degli Stati Uniti. Queste informazioni l'aiuteranno a individuare la posizione esatta." Esce per chiamare.

"Sei stata brava," le dico. "Grazie."

Annuisce ancora. "Ti ho collegato a Darius perché gli riferissi un messaggio."

Mi viene la pelle d'oca. Non so come funzionino le visioni psichiche, ma a me sembrava di stare davvero lì, accanto alla casa dove siamo cresciuti, con lui. "Gliel'ho riferito."

"Allora è fatta." Batte le ciglia e alza la testa. I suoi occhi prendono una sfumatura sognante. "Adesso tocca a lui."

* * *

Darius

Rinvengo dimenandomi come un matto. Non che riesca a muovere tanto, eh. Sto dritto, legato con pesanti catene a una superficie dura.

Mi trovo nello stesso posto di prima, circondato da guardie. Thom e Paloma, in piedi, sono qualche metro più in là.

"Darius." Paloma viene a grandi passi da me, ma due l'agguantano per ritirarla indietro. "Lasciatemi andare!"

"Paloma!" ringhio. Non mi piace che la tocchino. E neanche all'orso. Incombe sottopelle, ma non lotta per uscire.

Ricordo il sogno – solo che Teddy mi ha detto che non era un sogno. Quanto sembrava vero... mi fa male pure la faccia dove mi ha pestato! Be', è un dolore bello, pulito e rinvigorente in confronto alla malsana debolezza dell'argento.

Nel sogno l'orso era un mostro senza forma...

Accettalo, mi ha detto Teddy.

"Diglielo," fa Thompson a Paloma. "Digli cos'abbiamo intenzione di fare di lui e di tutti i suoi amichetti."

"Lasciami andare e lo farò."

Thompson fa segno alle guardie di mollarla.

Paloma viene lentamente verso di me. "Darius, devo dirti una cosa." Mi s'avvicina. Il suo bel viso è solenne.

"Non so se ne usciremo... ma non importa. L'unica cosa che conta è..." Prende un grosso respiro tremolante. "Che ti amo. E ti amerò sempre."

"Principessa..." sussurro. Tiro le catene – che voglia d'abbracciarla!

"Qualunque cosa accada, voglio che tu lo sappia." Poi si gira e agguanta la balestra posata sul tavolo vicino. È rivolta alla calca di uomini. "Se volete fargli del male, dovrete passare sul mio cadavere."

"No." Si fa strada a spintoni fra i colleghi un omone con gli occhiali da sole. Ha un odoraccio strano, come fosse coperto di olio di chiodi di garofano. Non ci capisco niente. Avanza minaccioso verso Paloma – che però resta al suo posto tenendo la balestra contro di sé, da vera esperta. Facendo la guardia... quando dovrei essere io a fare la guardia a lei.

"Non farle del male!" strepita Thompson. L'omone rallenta e Paloma gli spara al petto. Ruggisce e si strappa la freccia, ma il tranquillante l'hanno pensato perché facesse effetto subito: la debolezza lo travolge e gli si piegano le gambe. Si accascia.

"Chi è il prossimo?" Sfodera i denti. Da vera principessa guerriera qual è.

È dall'inizio che mi definisce il suo vichingo – perché di questo aveva bisogno. Non le serviva un uomo civilizzato in giacca e cravatta: le serviva un guerriero. Uno forte e selvaggio che combattesse per lei senza fermarsi davanti a nulla.

Non ha idea di quanto selvaggio sappia essere. Ed è ora che risponda alla chiamata e lasci uscire l'orso.

Ho bisogno di te, gli dico. *La nostra compagna ha bisogno di te...*

Compagna?

La marchieremo. Prima però dobbiamo scappare.

Cedo il controllo – che boccata d'aria fresca dopo anni di lotta! Mi si riempiono i polmoni. I muscoli si gonfiano. L'orso mi pompa potenza dentro – più di quanta ne credessi possibile. L'argento sotto la pelle brucia come acido, ma conto proprio sul dolore.

Braccia e busto formicolano dallo strazio. Goccioline di metallo m'imperlano la fronte – tinte di rosso. Sudo argento. E sangue. Batto le ciglia e lacrime argentee mi corrono giù per il viso lasciandosi dietro scie infuocate.

Insieme al veleno, è la debolezza ad abbandonarmi. Non resta che spezzare le catene.

Paloma ancora sventola la balestra per distrarre gli altri.

"Non restatevene lì impalati. Prendetela!" Gli uomini partono di corsa. Paloma spara un altro dardo, ma viene travolta rapidamente. L'afferrano e la portano dal capo.

"Tenetela ferma. Le faccio l'iniezione." Pesca una fiala di liquido azzurro dal cofanetto dei medicinali e la solleva. Sento puzza di acido fin da qui.

Veleno, strilla l'orso.

Salvala, gli dico. Esita – lo combatto da troppo tempo...

Scusa. Ho sbagliato a sottometterti. Sei parte di me, e ho bisogno di te. Sei la mia forza.

Si alza in piedi. L'energia mi pompa nel flusso sanguigno. Tiro le catene. Non si muovono... ma il metallo solido che ho sulla schiena sì!

"No!" Paloma tende le braccia, s'abbandona agli uomini che la tengono e scalcia in direzione di Thompson. Arrivano altre guardie per bloccarle le gambe.

"Tenetela ferma!" Avanza verso di lei, pronto con la siringa in mano.

Piego la schiena e curvo il metallo che mi attornia. Le

catene cedono quel tanto che basta perché posi i piedi a terra. Posso alzarmi... col tavolo di metallo ancora addosso.

"Cos..." Le guardie più vicine sentono il clangore e si girano.

E io lascio uscire l'orso.

* * *

Paloma
Un ruggito scuote muri e cemento. Thom salta e fa cadere la siringa.

"Be'?!" Come seccato, si gira per vedere cosa l'abbia interrotto.

Un uomo ci supera in volo e si schianta contro un nugolo di altri sei. Rovinano a terra come birilli.

Darius è in piedi, ancora incatenato alla lastra di metallo ma capace di muoversi – chissà come. Ha deciso di portarsi dietro tutto, pare. Avanza pesante verso le altre guardie in un gran chiasso di catene.

"Sparategli," strilla Thom. Cerca di scappare, ma cade.

Gli uomini estraggono le armi e fanno fuoco.

"No!" grido.

Darius ruota su sé stesso e i proiettili finiscono sulla lastra. Seguono altri tonfi e scricchiolii, e poi leva una zampa pelosa e gigantesca che agguanta la parte superiore del metallo e se la agita sopra la testa.

L'orso si alza. Le catene ancora ne legano l'enorme corpo peloso. Salgono fumo e sfrigolii dai punti in cui gli ustionano la pelle. Ma par importargli poco. Scende a quattro zampe e attacca una fila di guardie a rapidità tale che non hanno neanche il tempo di balzar via prima che le colpisca! Spiccano il volo armi e persone.

Mi concedo d'accasciarmi fra le braccia delle mie, di

guardie. Mi mollano allora, e mi abbandonano per recuperare le armi – riesco a rotolare via.

Si forma un'altra riga di uomini che gli sparano, e intanto io ritrovo la balestra. Trovo riparo dietro a un tavolo rovesciato, mi preparo al rinculo e sparo. Ho sbagliato mira, ma almeno li distraggo: si girano per spararmi mentre io ho il tempo di accucciarmi.

Il Darius orso si flette tutto. Il suo corpo si fa incredibilmente enorme! L'argento si tira fino al punto di rottura, e finalmente si libera dalle catene.

Entrano nell'hangar altre guardie.

"Attento!"

Ma l'avvertimento non serve: già sta distruggendo la stanza. Afferra le catene che lo bloccavano e le scaglia da tutte le parti. È diventato un terrificante tornado di pelliccia e catene che soffia sull'hangar smembrando guardie, rovesciando attrezzature, spaccando cataste di scatoloni.

In tutta questa follia quegli altri insistono a sparare, ma non lo fermano mica. Le pallottole lo fanno solo incazzare di più, sembra. Ruggisce abbastanza forte da scuotere lo stabile. Ha la pelle rossa di sangue – suo e dei nemici.

Gli uomini sono quasi tutti caduti, falciati dalla letale tromba d'aria. Qualcuno corre verso la porta, ma l'orso gli dà la caccia. Si levano rumori di carni strappate e schizza sangue. È un massacro.

Qua vicino qualcuno grugnisce. Si sta alzando l'omone mutante, Hannibal. Mi alzo con la balestra, ma non trovo altre frecce con tranquillanti. Sono andate perse nel casino.

"Darius," grido. "Dobbiamo andare!"

L'orso si gira. Mi punta addosso gli occhi dorati e provo un brivido di paura. C'è Darius dietro a uno sguardo tanto selvaggio?

"Darius." Parlo con voce bassa e ferma, come con Starlight. "Sono io. Sei stato bravo." Faccio un passo e metto il piede in una pozza viscida. Proseguo senza osare guardar giù. "Ma adesso è ora di andarsene. Possiamo scappare... insieme."

Mi prendono per la gamba e grido – quasi perdo l'equilibrio. È Thom!

Me lo scuoto via, ma mi tiene. "Levami quelle mani di dosso!"

Un'ombra enorme c'incombe addosso. L'orso è qui. E ringhia. I ciuffi di pelo marrone non ancora sporchi di sangue s'arruffano.

Sale sulle zampe posteriori. *Dios*, è due volte più alto di Darius da umano! Riccioli d'oro si cagherebbe addosso senza ritegno.

Vorrei chiamarlo, ma ho la bocca troppo secca. Riesco solo a guardarlo da quaggiù.

Con una gigantesca zampa incrostata di sangue, mi spinge delicatamente via. Il calore che emana è una fornace ustionante.

Ricade su tutte e quattro le zampe e sposta il testone verso quello di Thom. E sfodera le zanne. Ha una bocca così grande che potrebbe mangiargli la testa in un sol boccone.

Non ho nessuna voglia di vedere l'allegro pasteggio... ma non riesco a distogliere lo sguardo. Gli posa una zampa sul petto, ma senza schiacciarlo.

Torna invece Darius – il bell'umano nudissimo. Gli tiene le dita sul colletto.

"Paloma," mormora.

"Sono qui." Lo affianco. Le ferite sembrano peggiori sulla pelle umana, ma proprio mentre le sto guardando i tagli più profondi e le ustioni peggiori si rimarginano.

"Cosa vuoi farne di questo qui?" Ha una voce grave.

"Ho dei soldi," si affretta a dire Thom. "Vi darò tutto ciò che volet..."

"No che non li hai," gli ricordo. "Non più." Con lo stivale tocco qualcosa di piccolo che attacca a rotolare. Mi chino a raccogliere la siringa con cui voleva avvelenarmi.

E di questa so esattamente cosa farne.

"Mi hai tenuta prigioniera per anni," gli faccio. "Hai cercato di uccidere Wren."

Gli scappa una smorfia e apre la bocca. Lo zittisce il ringhio di Darius.

"Volevi dare la caccia ai miei amici mutanti per sport." Darius capisce che intenzioni ho e gli strappa la camicia per denudarne il petto vecchio e ossuto.

Mi accovaccio per dirgli: "Tienimelo fermo."

Si dimena, ma Darius è troppo forte: lo tiene impalato. "Questo è per i miei genitori." Gli infilo l'ago nel petto. Non so che dosaggio mi avesse preparato, ma scommetto che è fortino. Voleva punirmi, indebolirmi. E poi lui ha già avuto problemi di cuore. "Pan per focaccia..."

Gira gli occhi sopra la testa. Comincia ad agitarsi. Darius lo molla e lo lascia crollare sul cemento. Lo osserviamo entrambi immobilizzarsi.

Mi giro davanti al cadavere – non provo niente comunque. Se lo meritava.

"Ce l'hai fatta." Mi abbraccia. Io lo stringo con cautela, poi mi scosto.

"Sanguini."

"Sembra peggio di quel che è. Non è tutto sangue mio."

"Dobbiamo andarcene. Ce la fai a correre?"

"Sì. Ma tu non devi. Monta in groppa, su." Arretra e con un brivido su tutto il corpo torna orso.

Mi concedo un attimo per passargli la mano sulla pelliccia. È fitta e più soffice di quanto pensassi. L'animale mi grugnisce, e solleva un arto per incoraggiarmi a salirgli sopra. Mi accomodo e mi aggrappo a ciuffi di pelo per non scivolar giù.

Dietro di noi si sente uno schianto: è Hannibal che risorge dai detriti del magazzino! Ha perso gli occhiali: gli occhi neri gli luccicano. Mi fa vedere i denti. Le zanne gli crescono proprio adesso.

"Vai!" grido. Mi aggrappo più forte alla pelliccia. Darius l'orso parte alla volta del muro e apre un buco nel metallo. Mi abbasso per riparare gli occhi dai detriti in caduta. I muscoli dell'orso si piegano sotto le mie gambe e schizziamo fuori dall'hangar per infilarci nei fitti boschi.

Cavalcare un orso è diversissimo dal cavalcare un cavallo. M'incollo alla sua schiena più che posso, ma è troppo largo perché riesca a far presa con le ginocchia – e non aiutano il terreno accidentato e le buche e gli alberi da schivare! Darius l'orso continua a tendere la zampa indietro per risistemarmi ben in groppa.

Capisco come fare giusto in tempo per farci raggiungere alle spalle da un ruggito. Diverso da quello di un orso. Par più il mugghio d'un bufalo d'acqua. Qua dietro qualcosa schianta il bosco... e gli alberi nella sua scia cadono.

È Hannibal che viene a prenderci.

L'orso accelera. Mi schiaccio contro di lui e gli stringo il grosso collo. Corre a tutta velocità, ma Hannibal guadagna terreno. Oh, cosa non darei adesso per una freccina...

Un alto pino si arcua nell'aria e crolla accanto a noi. Darius vira a sinistra per evitarlo. Qualche secondo dopo è la volta di un altro.

Ci sta radunando... ma dove? Non riesco ad alzar molto la testa senza cadere.

Sopra di noi si ode un *tanc, tanc, tanc*. M'irrigidisco in

attesa dell'ennesimo attacco – invece è un grosso elicottero nero. Il vento delle eliche scuote le cime degli alberi.

L'orso Darius attraversa di corsa una radura costellata di massi e il velivolo scende. Dal portellone aperto sulla fiancata fa capolino Canyon.

"Da questa parte," strilla sbracciandosi verso occidente.

Qua vicino si sente uno scricchiolio. Tra le fronde Hannibal ha sradicato un albero e lo solleva – lo vuole lanciare all'elicottero!

"Attenti!"

Il tronco spicca il volo… puntando dritto a Canyon.

"Porca vaccolina!" strilla rinculando.

"Resistete," urla Bern, che pilota. L'elicottero sfreccia via verso ovest e noi lo seguiamo saltando i massi. Gli scossoni sono tanto forti che mi volano le gambe – per risbattergli sulla schiena. L'unica cosa che mi tiene al sicuro sono le braccia strette attorno al suo collo.

Davanti a noi il bosco termina brutalmente. Non me ne accorgo finché non sbuchiamo dalla costa d'alberi, sulla parete rocciosa. Siamo su una rupe. E dagli alberi abbattuti capisco che Hannibal è proprio dietro di noi. Ci ha intrappolati.

L'orso si fionda in avanti. Vuole saltare nel burrone… nascondo il viso nella pelliccia.

All'ultimo secondo l'elicottero ricompare e scende di scatto.

L'orso balza…

Bern inclina obliquamente il mezzo…

Darius afferra i pattini. Il velivolo oscilla spaventosamente, ma non precipita. Restiamo in aria. Mi fanno male le braccia da quanto forte mi reggo.

Hannibal si ferma in scivolata sul margine della rupe e

usa un ultimo tronco come lancia. Fischia nell'aria. Darius l'orso si contorce per evitarlo. E io perdo la presa.

"Darius!"

Si tramuta a mezz'aria e tende la mano per prendermi il braccio – mossetta che mi percuote tutte le ossa fino alla spalla.

"Presa." Mi avvolge le dita ai bicipiti per stringermi forte. Penzoliamo nel cielo affannati, finché Canyon non scende ad aiutarci a salire; poi Bern ci porta via.

Capitolo quindici

*P*aloma

Come mettiamo piede sulla montagna Bad Bear, Darius indica il piccolo hangar a lato della pista. "Ti aspetta il comitato di benvenuto."

E lì, in piedi accanto a Everest c'è Wren.

Darius, con capelli barba tornati lunghi come un vero vichingo, dato che ha fatto uscire l'orso, mi aiuta a smontare dal piccolo aeroplano. Dopo il salvataggio in elicottero siamo passati a un saltafossi. Ha pilotato Bern – con Canyon come copilota. Quei due sono praticamente complementari.

Sono corsa da lei non appena toccato il bitume. Wren mi è venuta incontro a metà strada, e ci siamo scontrate in un incasinato abbraccione.

"*Gracius por Dios. Gracias por Dios.* Ti credevo *morta*, Rencita."

"*Estoy bien. Y tú?*" Mi piange fra le braccia.

"Sì, sto bene anch'io..." Singhiozziamo tutte e due di gioia!

"Dov'è Thom? Cos'è successo?"

"È morto." Mi giro indietro, verso Darius, che se ne sta qui come mi guardasse ancora le spalle.

"Quella tosta di tua sorella gli ha reso pan per focaccia," fa sorridendomi.

"L'hai ucciso?!"

"Gli ho iniettato il veleno che voleva rifilare a me. Mi sa che io ormai ho sviluppato una certa tolleranza mentre lui... be', sai che aveva problemi di cuore, no?" Faccio spallucce.

Il grosso orso s'avvicina con calma. "Vedo che hai già conosciuto Everest." Non so quanto sappia sugli orsi di Bad Bear, ma avrò tutto il tempo di scoprirlo.

"Eh già. Mi sta facendo fare un giro dei dintorni." Mi guarda alzando un sopracciglio. "Ho saputo che pure il tuo ragazzo è un orso..."

"Ti presento Darius." Mi sbroglio riluttante dal suo abbraccio perché possa dargli la mano. "Sono stati lui e i suoi fratelli a salvarci la vita."

Wren ignora la mano per saltargli in braccio e stritolarselo bene.

A Darius scappa una risatina sorpresa, ma poi la stringe a sua volta. "Piacere di conoscerti, Wren."

"Non ci torno a scuola," fa sicura quando riemerge.

"Certo che no," concordo. "Da adesso in poi restiamo insieme. A meno che ovviamente tu non voglia andare avanti, iscriverti all'università e fare le cose normali dei giovani..."

"Le cose normali che a noi non erano *permesse*," fa cupa. "Ho sempre saputo che c'era qualcosa che non tornava, ma tu ti comportavi come fosse tutto a posto." Mi dà una spintina. "Perché *cavolo* non me l'hai detto?!"

"Volevo solo tenerti al sicuro, al riparo dalla pazzia di quello lì. L'avessi saputo avresti insistito per restare con me, e così avrebbe scoperto che hai abilità psichiche anche tu."

"A proposito..." Darius gli posa una mano sulla spalla. "Abbiamo saputo che sei stata tu a scoprire dove ci avevano imprigionati."

Sorride. "Ma no... ho solo riconosciuto un paio d'indizi. Il resto l'ha capito la tua amica – l'hacker. Come ha detto che si chiama, Teddy? Kylie?"

"Sì, Kylie."

"Io però ho messo in comunicazione te e Teddy in modo che ti dicesse di sguinzagliare l'orso."

Mi volto verso Darius, che se ne sta a bocca spalancata. "Era tutto vero? Credevo fosse un'allucinazione!"

Wren par proprio soddisfatta di sé stessa... e ne ha ben donde!

"Verissimo. Ti ho detto che anche la mia talentuosa sorella ha poteri psichici?" Le butto fiera un braccio attorno alle spalle. "Il suo forte è apparirmi in sogno. Non sapevo potesse anche collegare psichicamente altri."

"Non ci avevo mai provato," fa Wren. "Ma sono sicura che il fatto che siate gemelli ha aiutato."

"Ne dubito," brontola Darius. "Non siamo tanto uniti."

Wren inclina il capo, come studiandolo. "Io ho percepito grande intimità invece. Quasi come non sapeste neanche dove finisce l'uno e comincia l'altro."

Mi scappa un basso "Mmm" – lo sento anch'io, dal punto di vista energetico. Darius era in conflitto col fratello perché lo era innanzitutto con sé stesso. Con l'orso.

"Saltate su, belli!" Lana ci saluta dal sedile del passeggero di uno scintillante SUV Jaguar bianco che ha appena accostato qui accanto. Al volante c'è Teddy. Smontano entrambi per abbracciarci, poi saliamo dietro con mia sorella.

"Wren può stare da noi," fa Lana. "L'abbiamo già sistemata. E poi voi due probabilmente dovrete riposare e riprendervi."

"E chiudere un paio di questioni rimaste aperte," brontola Teddy da davanti.

Darius sfodera i denti e gli ringhia a sua volta.

Con una risata, piglio Darius dai bicipiti giganteschi. "Allude a ciò che penso io?"

"Ossia?" domanda Wren.

"Sarebbe ora che si levasse dai coglioni del mio orso," proclama Darius.

Mi scappa proprio da ridere! E Lana si unisce a me. Persino Teddy si lascia sfuggire uno sbuffo allegro.

"A me pare che Teddy abbia sempre avuto ragione... sui suoi gioiellini," gli ricordo.

S'addolcisce in volto. "Sì, fratello. Grazie del pugno sul grugno. Mi serviva proprio."

* * *

Darius

Teddy e Lana ci mollano a casa, e porto Paloma nella baita tenendomi le sue gustose gambe intorno alla vita e il bollore che vi sta in mezzo schiacciato appena più sopra di dove lo vorrei.

"Principessa, ti strapperò i vestiti di dosso così velocemente da farti urlare," l'avverto scalciandomi via gli scarponi all'ingresso.

Mi sento l'orso ruggire d'eccitazione... ma di lui non mi preoccupo al momento.

Ne ho fatto qualcosa di grottesco. E pericoloso. Un mostro che feriva le persone cui volevo bene. Nell'hangar mi sono reso conto che, benché capace di quelle cose, resta sempre... me. L'unica ragione per cui era tanto selvaggio quand'ero bambino è che non ero abbastanza grande da capire come essere orso. Entrai troppo presto nella fase della pubertà e la mamma non mi spiegò né insegnò nulla. Non riuscivo a controllare il mio lato animale e mi spaventai – il che ovviamente spaventò l'orso, che quindi divenne ancor più imprevedibile e pericoloso.

Rigettavo il mio lato animale credendo che così avrei avuto il controllo per cui tanto smaniavo nei momenti bui della vita. Invece lo mandavo *ancor più* fuori controllo: ne facevo un bestione ancor più frustrato e incapace di realizzarsi.

Dar sfogo all'orso per salvare la mia compagna mi ha dato una soddisfazione infinita. Nulla può avvicinarsi a quella sensazione... tranne marchiare Paloma.

Mi butta le braccia al collo quando mi avvio a grandi passi per la baita; mi mordicchia l'orecchio. "Ah sì?" dice, tutta fusa. Vuole che la faccia urlare. Mi sa che vuole la marchi... ma devo esserne sicuro.

"Ah-ah." La porto in camera e la butto sul letto. "Sai cosa succede adesso?" Le parlo con la voce da vichingo un po' perché so che ne va matta e un po' perché l'orso è fuori. Lo farò risplendere. La sua aggressività è anche la mia. E la mia è sua.

"Mi marchi?"

Mi strappo di dosso la camicia – i bottoni volano dappertutto.

Paloma ride.

"Esatto, bellissima." M'avvicino furtivo al letto. "Ti va?"

Mi sorride. È arrossata in viso dal desiderio e ha gli occhi brillanti, malgrado tante traversie. Annuisce.

"Non hai paura dell'orso?"

Adesso le scappa una risata densa e calda come miele. "E perché dovrei? Mi ha salvata!"

Le salgo sopra.

"E poi sei *tu*, Darius. Non è un'entità separata in cui ti trasformi. Sei *tu* l'orso."

Le faccio un sorrisone da scemotto. "Esattamente la conclusione cui sono appena giunto io, principessa." M'impossesso della sua bocca, la bacio accuratamente – come ho intenzione di fare per il resto della mia esistenza. "Il che dimostra che sei la femmina perfetta per me. Non che avessi dubbi." Continuo a baciarla strusciandole il pisello duro in mezzo alle gambe. "Sei l'unica persona che mi capisce ancor meglio di quanto mi comprenda io stesso. Persino più di Teddy – non sto ammettendo che quello stronzo mi abbia mai compreso meglio di quanto mi comprenda io, eh..."

Ride. "C'è una cosa, però."

"Quale, colombella?" brontolo.

Arriccia il naso nel modo più caruccio possibile. "Credo che prima non ci farebbe male una doccetta."

Mi scappa proprio da ridere! "Hai ragione." Ho cercato di darmi una ripulita sull'aereo, ma ero coperto di sangue e sono passate ventiquattro lunghissime ore dall'ultima doccia – piacevolissima, tra l'altro.

La porto in bagno in braccio. Quando la mollo giù ride; le levo il toppino color blu tè, lacero e macchiato. Mentre le strappo in due, sul davanti, il reggiseno sportivo lei mi sbottona i jeans.

"Darius!" esclama trafelata. "Ma come hai fatto?! Dovrebbe essere impossibile!"

"Principessa, ci sono almeno una dozzina di cose che ti farò adesso che credevi impossibili..."

"Ah sì? Fammi vedere, dai."

Sfida accettata.

Le tiro giù i pantaloni da yoga e le mutandine fino alle caviglie, accovacciandomi. Quando se ne libera scalciando le passo le braccia fra le gambe, le agguanto la schiena per tenerla e mi sollevo con lei, con la sua figa a livello della bocca. Strilla, ride e si piega per non sbattere contro al soffitto. Io mi smarrisco nella sua essenza succosa... le affondo la lingua nelle pieghe.

"Oddio!" Mi schiaccia le orecchie con una strizzatina di cosce. "Darius..." Porta le dita ai miei capelli – che crescono veloci – e me li tira. "Oh, oddio..."

"Scommetto che non sapevi fosse possibile," la provoco fra i cerchietti di lingua.

Le sue urla mi piovono attorno come monete d'oro, come splendenti premi perché faccia proprio ciò che sono nato per fare. "Oh, ti scongiuro..." Trema, le delicate carni si contraggono e rilassano. "È... è troppo..."

So che lo dice solo perché deve venire.

Ruoto per bloccarle i fianchi contro al muro e le sposto le mani dalla schiena alle ascelle. Le sue gambe mi penzolano sulle braccia – scalciando in libertà mentre la penetro con la lingua.

"Darius... Darius!" Pare allarmata. "Oddio, ti preeeeeeego!" Strilla, mi tira forte i capelli.

Gliela succhio tutta mentre esplode piegandosi contro di me. Singhiozza di piacere, si scuote tutta quando l'abbasso delicatamente a sedere sul ripiano e accendo l'acqua.

"Non lasciarmi," mormora aggrappandomisi al braccio quando mi giro. "Non credo di riuscire a star dritta."

"Ti tengo io, principessa." La reggo con una mano sulla vita mentre mi levo i jeans. Non porto boxer – i vestiti mi sono finiti in brandelli quando mi sono tramutato al magazzino, ma per fortuna i gemelli ne avevano portati di riserva.

Nudo, controllo l'acqua: dato che è calda, sistemo la mia bellissima compagna nel box con me. La lascio sotto il getto mentre mi sfrego le mani con una saponetta.

"No." Me la frega. "Voglio lavarti io stavolta." Mi tira in avanti perché cambiamo posizione. "Ho bisogno di sentire questi forti muscolacci da orso..." Mi porta le mani alla vita e mi accarezza su per i fianchi, mi segna lenti cerchi attorno ai pettorali.

Ce l'ho duro come il marmo – si tende verso di lei e già gocciola! L'evidente apprezzamento che dimostra per il mio corpo mi dà l'impressione che l'animale possa scoppiarmi fuori da un momento all'altro... invece però di scacciare la sensazione, l'accetto. Non lo lascio uscire, certo, ma mi fondo con lui. Lascio vivere il momento anche al mio lato di orso.

Mi sale dal petto un rombo animalesco.

Paloma fa guizzare lo sguardo su, al mio viso, abbandonando l'ammirazione per gli addominali. Ma senza timore. Solo meraviglia. Alza le mani alla mia faccia e mi accarezza lungo la mascella, poi mi tira la barba. "Ti si vedono gli occhi da orso."

La tocco – l'istante in cui le ho lasciato il controllo termina in un'ondata di lussuria. Le agguanto il sedere per schiacciarle il corpo contro il mio e abbasso la testa per impossessarmi di nuovo della sua bocca. Mi avvolge i pugni attorno all'uccello e gemo.

"Lascia che ti lavi," mi mormora contro alla bocca.

Assoldo tutto il mio controllo. "Ogni tuo desiderio è un ordine, principessa." La mollo riluttante; mi passa la saponetta sul petto, sotto le ascelle, giù per le cosce... ignorando l'erezione enorme.

"Girati." Parla roca. Ha i capezzoli turgidi.

Ubbidisco e m'insapona la schiena, poi mi passa le mani insaponate in cerchietti sul culo e fra le natiche, stuzzicandomi le palle da dietro.

"Caaaazzo," gemo.

Non ce la faccio più! Mi volto – ma prima che possa prendere il controllo m'impugna il pisello, tenendomi fermo lì. Quasi muoio quando mi passa il palmo insaponato su e giù per il manico...

"Oh, dolce colombella... mi farai venire come un ragazzino. Aspetta." Le prendo il polso, allora mi molla.

La sollevo dalla vita per scambiarci di nuovo di posto e la lavo, venerandola con le mani e vagabondando al contempo con la bocca per i picchi e le vallate, succhiando, leccando, mordicchiando ovunque la cosa la faccia urlare.

"Ok!" grida infine.

"Ok cosa, dolce colombella?"

"Ok, credo che siamo abbastanza puliti."

Rido. "L'orso concorda." La raccolgo e spengo l'acqua col ginocchio per portarla fuori. Trovo un asciugamano in cui avvolgerla – comunque non le resta mica addosso, perché trenta secondi dopo l'ho già girata e sbattuta contro alla parete.

"Dammi quel culetto," tuono aprendole le gambe col piede.

Si piega a livello della vita per concedersi tutta.

Vorrei esser ben più delicato. Pensavo a una lenta seduzione... ma è troppo tardi. È l'animale a condurre lo spettacolo, e la vuole *subito*.

Le strofino la cappella pulsante sulla fessura, le schiudo le pieghe. Riesco a malapena a trattenermi, a ricordare che praticamente è ancora vergine. Il suo corpo non è abituato alle mie dimensioni. Chiudendo forte gli occhi per concentrarmi rallento e lo sento entrarle dentro un centimetro alla volta.

Le scappano versi insensati – altre monetine d'oro per le mie orecchie!

"Fammi entrare in questa stretta fighetta succosa." Parlo due ottave più basso del normale.

"Sei entrato, eh," ansima spingendo, inarcando la parte bassa della schiena per prendermi più in profondità.

"Mmm, così, tesoro." Sprofondo un po' di più. "Che bello. Mi prendi benissimo. Ah, ti piace ti dica le porcherie, vero?" le faccio quando si fa ancor più viscida e mi fa entrare di più. Arretro per rispingermi lentamente in lei. "Eh? Vuoi che ti scopi forte da dietro, principessa? Così fa il tuo vichingo?"

"Il mio orso..." si lagna.

Resto dove sono e mi allungo sul davanti per picchiettarle delicatamente il clitoride. Lei si spinge indietro per prendermelo meglio. "Vuoi il tuo orso?"

"Sì. Sì, ti prego..."

L'accarezzo con tutt'e due le mani sui fianchi, le faccio scivolare finché non si modellano ai seni e le pizzico i capezzoli, poi torno a passarle i pollici in cerchietti sulle reni. "Mmm, se me lo chiedi così gentilmente... mi sa che è meglio scoparti per bene. Che ne dici?" Arretro di più stavolta prima di penetrarla in profondità, fino alla cervice.

Grida.

"Ti serve una bella scopata, dolce colombella?" L'agguanto dalla vita per arretrare, poi m'immergo – con più forza stavolta. Gocciola, m'inzuppa di succhi, ha le carni setose, gonfie, accoglienti.

"S-Sì," squittisce.

Stringo la presa e accelero, inarcandomi dentro e fuori di lei. Mi mordo la guancia fino a sanguinare per tenere a freno l'aggressività – per non esser troppo brutale con la mia bellissima compagna. "Ti piace, principessa? Ti piace prendermi a fondo?" Altri picchiamenti sul clitoride.

"Dio, sì..." Ha l'affanno.

"Prendilo tutto, allora." La scopo più forte, inspirando a fatica attraverso i denti.

"Sì!" strilla. "Ho bisogno di te. Ho bisogno di te. Ho bisogno di te."

I suoi gemiti mi fanno scoppiare. Perdo il controllo e la sbatto tenendola ferma con dita troppo forti, schiaffandole i fianchi contro quel meraviglioso culo morbido.

Gira tutta la stanza. Fa troppo caldo – il vapore della doccia ancora annebbia lo specchio. Sento scendere i canini, pronti a marchiarla.

"Sei sicura?" rantolo – non so come sono riuscito a ricordarmi di chiederle il permesso!

"Sì! Lo voglio!" urla.

Le cingo la vita col braccio e le agguanto la parte anteriore della gola per scollarla dal muro in modo che mi posi la testa sulla spalla – intanto me la scopo. "Mia," ringhio con voce per nulla umana. Vengo sfregandole il clitoride, e lei ha l'orgasmo insieme a me. Le affondo i denti nella parte carnosa della spalla, iniettandole dentro per sempre il siero che me li riveste.

Salta dal dolore, e per un orribile momento penso che l'orso impazzirà... mi rendo però conto d'avere il pieno controllo. Estraggo immediatamente le zanne e le lecco via il sangue, la bacio su per il collo. "Così, dolce colombella. Ormai è fatto," mormoro ancora accarezzandole il clitoride col polpastrello. "Adesso sei mia. La mia compagna. In eterno."

Viene di nuovo, tremando e trasalendomi fra le braccia e serrandomi i muscoli attorno all'uccello per strizzarmi fuori un'altra esplosione.

"Ti amo, Paloma. Cavolo, ti amo da matti. Più di chiunque o qualunque altra cosa della mia vita."

Capitolo sedici

Darius

Le scappa un singhiozzo – non so se per l'orgasmo.

"Tutto bene, tesoro?" La stringo forte e continuo a baciarla ovunque arrivino le mie labbra. "Scusa se ti ho fatto male. Non ti farò soffrire più. Mai."

"Lo so, tranquillo. Sto bene." Ha un tono commovente che mi spinge a uscire per portarla in braccio a letto.

Il sollievo giunge quando finalmente la guardo in faccia: non sembra in sofferenza... ma in estasi! Ah, la mia incredibile e bellissima compagna...

"Ci credi che ti amo?" domando. "Voglio che tu sappia che non sono solo feromoni. *Sei* la mia compagna di fato, certo, ma per me anche ben altro. Ti trovo incredibile, Paloma. Sei più coraggiosa di qualsiasi guerriero. E pure intelligentissima! Sei anche gentile e leale. I sacrifici che hai fatto per tua sorella sono..." Mi bruciano gli occhi nel rendermi conto d'aver abbandonato i miei fratelli e Bad Bear dicendomi di farlo... per loro!

Paloma mi tocca il viso e ci sistemo a letto, l'una di fronte all'altro. "Pensi a Teddy?"

"Penso a tutti i miei fratelli. Sono stato proprio un cretino. Mi dicevo di dover fare un mucchio di soldi per salvarli – ma in realtà non facevo altro che scappare dall'orso."

"Quell'orso che amo." Mi accarezza la mandibola coperta di barba.

"Lo ami?" Cerco approvazione. Santo cielo, mi sconvolge tanta vulnerabilità! Paloma forse non mi ama mica. Non ha feromoni da orso a dirle che sono il suo compagno. Però mi ha permesso di marchiarla; qualcosa vorrà pur dire, no?

"Amo *te*," fa decisa, e alza le morbide labbra per posarle sulle mie. "E *anche* l'orso. Perché siete la stessa persona."

"Mi hai salvato." Me ne rendo conto adesso. "Ero un mezzo maschio con un lato completamente inespresso che negavo. E tu mi hai liberato. Ho sempre pensato d'esser io a salvare te, e invece è stato tutto il contrario. Così come mi son sempre detto che trasferendomi a New York avrei salvato i miei fratelli..."

"No!" Ride, ma con espressione fin spettrale. "Sei stato senza dubbio tu a salvare me. Ero in schiavitù, su! Non fossi arrivato sarei la schiava di uno altro stronzo... oltre che di Thom." Rabbrividisce.

L'orso emerge di rabbia – e lo lascio ringhiar forte.

Paloma non si spaventa. Le vengono le rughette attorno agli occhi quando mi dà un altro bacio sulle labbra. "Eccolo qui," fa, tutta fusa.

Torniamo serissimi nel ricordare quante ne ha passate. "Non riesco a credere che sapesse dei mutanti e volesse dargli la caccia."

Mi acciglio. "Sì: c'è una società segreta di ricchissimi

che traffica mutanti per il mondo – più che altro giovani sul punto di tramutarsi. Si chiamano *venatori*."

"Sì. Che in latino vuol dire *cacciatori*. Me l'ha detto mentre eri svenuto."

"Già. Si son presi il nome dei cacciatori addestrati dell'antica Roma, quelli che partecipavano agli spettacoli pubblici chiamati *venationes*. Cacciavano e uccidevano animali selvatici – erano intrattenimento d'alta qualità. Mi sa che per i *venatori* moderni siano meglio gli animali selvatici... umani."

"Che schifo." Le fiammeggia negli occhi l'ira, feroce e protettiva. "Sono dei pervertiti. Moralmente reprensibili. Vanno fermati."

"Sì. È l'obiettivo degli operativi che hai conosciuto."

"Ma cacciano davvero *giovani sul punto di tramutarsi*?! È da malati."

"Concordo."

"Magari posso aiutarvi. Conosco molti degli amichetti di Thom."

"Sarebbe utile, sì. Sono sicuro che seguiranno accuratamente qualsiasi pista tu possa dargli. E poi adesso che sanno che Thom era dei loro possono indagare più a fondo."

Mi osserva battendo le ciglia; lo sguardo le si vela ancor di più. "Verrò ricercata per omicidio adesso?"

"No." Le sistemo una ciocca dietro all'orecchio. "Figurati! Hanno ripulito tutto. Immagino abbiano inscenato un'esplosione, un incidente aereo o qualcosa di simile."

"Ah!" Le scappa da ridere. "Adesso ho capito il perché dei fuochi artificiali... per coprire gli spari! Furbi."

"Sì." Le traccio delicatamente le ferite che le ho lasciato sul collo. "Quanto mi odi adesso?"

Ride ancora. "Magari ti odierò domani, ma al momento sto una favola."

Mi rilasso un poco. "Il siero potrebbe avere delle proprietà narcotiche sugli umani... boh. Chiederò a Matthias. Dobbiamo domandargli di tener d'occhio le punture e verificare che non s'infettino – comunque la mia saliva guarisce ed evita le infezioni."

"Ok." Le crollano le palpebre e lascia ricadere la testa sul cuscino.

Mi sa che siamo in piedi da ventiquattr'ore filate – con l'eccezione di quando m'hanno drogato – ma ho la sensazione che ci sia ancora così tanto di cui parlare... "C'è una cosa che non ti ho detto."

Assonnata, appoggia la testa sulla mano. "Quale?"

"Gli orsi si accoppiano per la vita. Il marchio vale più di un matrimonio umano: non si divorzia. Non ci si sbarazza di me. Ma dopo tutto quello hai passato non voglio farti sentire in gabbia..."

Mi osserva coi suoi occhioni nocciola. "Stai dicendo che ormai sono incastrata qui con te?"

Annuisco.

"Che avrò addosso per sempre un gigantesco orso tutto ringhi e protezione?"

"Esatto, principessa. Ma non dobbiamo mica restare per forza qui, eh. Verrò ovunque tu e Wren vogliate vivere. Io posso lavorare dappertutto – malgrado le sciocchezze che mi sono raccontato per quindici anni."

"E il pacco comprende anche sette orsi enormi e la mamma in letargo?"

Le vedo un luccichio negli occhi e finalmente espiro. "Esatto."

"Accidenti." Ha lo spasmo d'un sorriso e si sporge in avanti per baciarmi sulle labbra. "Che quadretto orribile che mi hai dipinto... ma credo mi ci adatterò."

Le accarezzo il fianco. "Sicura, amore? So che ci conosciamo appena e che gli esseri umani di solito si corteggiano molto più a lungo..."

"Mai stata più sicura in vita mia," mormora avvicinandosi il cuscino e accoccolandosi contro il mio petto. "Ma adesso devo andare in letargo per un minutino," biascica.

L'orso tuona dolce, finalmente soddisfatto. La mia compagna è fra le mie braccia, qui – proprio dove deve stare. Avrò anche rapito Raperonzolo dalla torre... ma adesso è contenta di restar con me.

Le do un bacio riverente sulla fronte. "Dormi, colombella," mormoro – anche se già ha il respiro regolare, profondo.

* * *

Paloma
"Sveglia!"

"Devi sapere una cosa," brontolo. "Non sono mattiniera." Dopo anni a svegliarmi presto e coricarmi tardi per lavorare per Thom, voglio starmene a letto il più possibile.

"Buono a sapersi." Mi dà un bacio sulla spalla. Si è ritagliato i capelli secondo gli standard di Wall Street – è sexy da morire! Be', sta bene con capelli e barba di qualsiasi lunghezza. "Dormi quanto vuoi, principessa. Solo perché tu lo sappia, ho saputo che Teddy e Lana ci hanno invitati a una grande colazione a base di pancake."

Spalanco gli occhi. "Sono sveglissima. Adoro i pancake!"

Gli romba il petto di una risata. "Wren gli ha detto che sono il tuo piatto preferito. Insieme a Everest ha preparato la salsa alla bananas foster."

"Sono su, mi alzo." Scalcio via le coperte e mi fiondo in bagno.

"Fa' con calma. Ti preparo una tazza di caffè."

Esco dal bagno qualche minuto dopo con addosso comodi pantaloni da yoga e un top dalle spalline sottili della *GoddessWear* – sopra ci ho messo una camicia di flanella di Darius per non congelare. Mi accoglie con una tazzona bollente e un bacio.

"Mmm... potrei abituarmici." Gli massaggio la barbetta. Si è rasato del tutto un minuto fa ed è già ricoperta d'ispidi peletti dorati! "I baci con la barba vichinga sono i migliori."

"È l'orso," brontola. "Vuol farsi notare."

"Ciao, orso. E grazie ancora d'averci salvato la pellaccia."

Darius si sporge per abbassare le testa. Ci troviamo fronte a fronte, nella comunione di un momento. Negli ultimi giorni ci è successo di tutto – tante avventure... cui siamo sopravvissuti. Ancora devo digerire che siamo in salvo. E insieme.

Si sentono un lamento e uno sbuffo provenienti dall'esterno. Li conosco: paiono nitriti...

"Cos'è?" Allungo il collo.

"Il regalo di benvenuto che ti hanno fatto i miei fratelli." Mi spinge al portone. "L'hanno fatta rapire da Lockepoint da alcuni nostri amici."

Poso il caffè sul tavolino ed esco. In attesa nella radura di fronte alla baita c'è Starlight. "Oh, tesoro, sei qui!" Ne prendo la cavezza e le do un bacino sul naso. Mi saluta con dolce.

Viene anche Darius, ma lei scuote il testone sbuffando e indietreggia dalla paura.

"Ssh, va tutto bene..." Le accarezzo il fianco, però le permetto d'arretrare.

"Sente l'odore dell'orso." Anche lui si tiene lontano.

"Si abituerà. All'inizio nemmeno a me piacevi." Mi fa un sorrisone quando gli faccio la linguaccia.

Axel e i tre gemelli sono ai confini del bosco. Porto lì Starlight. Alza le orecchie, però mi permette di condurla vicino ai quattro.

"Grazie mille." Li abbraccio a uno a uno. Devono chinarsi per arrivare a me, ma tanto vale ci si abituino – non diventerò certo più alta! E poi ho la sensazione che ci abbracceremo spesso...

Siamo una famiglia adesso.

"Ha un'ottima cera. Chi l'ha spazzolata?"

Indicano tutti Axel.

"Con me non si agita tanto." E lo dimostra togliendole la cavezza e accarezzandole la criniera. "Ho svuotato l'altro garage per farle la stalla."

"Possiamo costruirne una qui," propone Darius.

"Significa che..." attacca Bern – ma è Canyon a finire: "... resti?"

Lo guardo alzando le sopracciglia.

"Decidi tu." Mi prende la mano. "Se vuoi... sono pronto a tornare a casa."

Sorrido. "Lo voglio. Eccome se lo voglio! Qui mi son sentita subito a casa."

"Evviva!" esulta Hutch – ma quando Starlight comincia ad agitarsi lo zittiamo tutti.

"Evviva!" sussurrano gli altri due gemelli. Uno scaglia il pugno in aria nel gesto più minuscolo possibile.

Ci rechiamo alla baita di Lana e Teddy: è tanto incredibile che meriterebbe di stare sulle riviste d'arredamento! Ha pure un'intera parete finestrata che dà sul bosco.

Wren esce sul portico per un altro abbraccione da strangolamento. "Ora dei pancake!"

È fresca, felice e vivace – diversissima da com'era da

Thom e al collegio. È come se qualcosa in lei si fosse risvegliato alla morte di quel bastardo. O forse da quando è venuta qui. Difficile però credere sia così a suo agio dopo un paio di giorni con completi sconosciuti.

"Scusa se ho dormito fino a tardi. Ti trovi bene quassù?" La sorellona deve comunque badare a lei... nonostante sia tanto frizzante.

"La adoriamo!" Lana arriva dalla cucina e mi saluta con un abbraccio.

"Sì, stare qui mi piace un sacco," fa Wren. "Penso che dovremmo rimanerci."

Lancio un'occhiata a Darius con una risata – lui continua a starmi accanto: prende il lavoro di guardiano-compagno-orso fin troppo seriamente. "Proprio quello che stavo pensando io."

"Oh, bene!" Si mette a saltellare. "Perché gli avevo già detto che non vivi senza Starlight."

"Ah, sei tu la responsabile allora..." Sorrido tanto che rischio di spaccarmi in due la faccia! Quant'è difficile contenere tanta felicità...

...vedere tanta perfezione.

"Eh sì." Lascia vagare lo sguardo alla porta, come cercasse i gemelli... o uno in particolare.

In quel momento la porta si spalanca di colpo e corrono dentro Canyon, Bern, Hutch e Axel.

"Pancake, pancake, pancake!" intonano i tre gemelli. Persino nella gigantesca casa di Lana e Teddy occupano tutto lo spazio possibile e immaginabile.

"Datevi una calmata," ordina Matthias. È sul divano a leggere un libro. Non deve neanche alzare lo sguardo che si placano.

Mi rendo conto che Wren sculetta in cucina raggiante d'energia. "È pronto. Tutti a tavola!"

Teddy emerge con un vassoio con una pila di pancake più alta della sua testa. I tre gemelli scoppiano in esultazioni.

Io e Darius li seguiamo nella sala da pranzo enorme e ci accomodiamo. Un attimo dopo mi piomba addosso un'ombra. Nella finestra incombe un gigantesco orso marrone chiaro.

Everest.

S'è levato sulle zampe – ha appoggiato quelle anteriori sul vetro. Che sporca col naso nero.

Teddy posa la colazione per fargli un cenno. "Giù."

L'orso piega il testone di lato. Sarà anche enorme, ma ha delle orecchie rotonde adorabili.

"Ah, ha fame..." Wren posa un vassoio di sciroppi vari e una pentola di topping al bananas foster – la mia preferita. Si siede accanto a me.

"Non puoi entrare, Everest," lo sgrida Teddy. "Niente orsi in casa."

"Everest..." dice piano Matthias.

Il fratello sparisce. Chissà se mai mi abituerò ad aver un bestione tanto grande in giro per casa. O in un campo da rugby.

"Lo conoscerò mai in forma umana?" mormoro.

Darius mi cinge lo schienale della sedia. "È timido. Siamo agli antipodi. Io non lo lasciavo mai uscire e lui resta sempre così."

"Deve abituarsi a essere uomo," fa Teddy scoccando un'occhiata triste a Matthias, che sta a capotavola.

Annuisce. "Ci stiamo lavorando."

"Stiamo cercando d'imporre la regola 'niente orsi in casa' adesso, prima che nasca il bambino," ci sussurra la futura mamma. Si massaggia il pancione mordendosi il labbro. Con aria colpevole, osserva Everest allontanarsi con calma nel bosco.

"Bella regola," dice Darius servendo me e Wren di pancake. "Avrebbe impedito a me e Teddy di distruggerci il letto a castello tre volte."

"Anche a noi!" fa Hutch masticando.

Axel gli rifila una gomitata. "Non si parla con la bocca piena."

"Ricordate quel Natale..." attacca Bern – ma Canyon lo interrompe con una risata per dire: "...che credevamo d'aver beccato Babbo Natale nel camino..."

"...e abbiamo spaccato la malta che teneva insieme le pietre," conclude Hutch. Scoppiano tutti e tre a ridere insieme ad Axel. Persino Matthias si lascia sfuggire una risatina.

Hutch si rannuvola. "Distrussi la struttura della baita e dovemmo traslocare."

"Sì. Bei tempi," fa Canyon. I gemelli lo prendono a gomitate.

Teddy si sfrega la mano sul viso. "Per forza la mamma è in letargo."

Scocco un'occhiatina a Darius... che però sorride, sereno in volto. Non lo agitano più le storie sugli orsi fuori controllo – che si parli del suo o di quelli dei fratelli.

Dopo colazione noi due usciamo per una passeggiata. Wren e i gemelli ci seguono con cestini da picnic pieni di pancake. Qualche minuto e se ne vanno a cercare Everest.

Io e Darius vaghiamo mano nella mano su un sentiero battuto. Il bosco è pacifico: gli uccellini cinguettano e svolazzano di ramo in ramo. Nell'aria fredda c'è una punta d'odor di fumo. Arriva l'inverno. Manca poco al Ringraziamento.

E io ho molto di cui esser grata. La mia famiglia è

salva. Io, Wren e Starlight avremo la libertà che da tanto sognavamo – e poi abbiamo l'affetto e il sostegno della nostra nuova famiglia! La colazione di stamattina aveva il sapore del delicato caos di star insieme a tanti chiassosi orsi... e me la sono proprio goduta. Anche Wren. Già si sente a casa.

E poi è bello sapere che gli orsi possono far trito dei nostri nemici, in caso di minaccia!

"Ti va allora?" È Darius a infrangere il silenzio. "Restare a Bad Bear, intendo."

"Stavo proprio pensando che questo posto è il paradiso. Aria fresca, panorami meravigliosi. Un sexy vichingo nel letto..." Inclino il capo. "E a te? Ti manca New York?"

Espira. Credo che una parte di lui stia scendendo a patti con l'affetto che prova per i suoi e la casa. Col fortissimo senso di appartenenza che prova qui. "Non proprio. I miei dipendenti lavorano quasi tutti da remoto. Potrei anche mettere in affitto ufficio e attico domani. Non avrei neanche valigie da fare."

"Non è mai stata davvero casa tua."

"No."

Resto in silenzio per qualche passo per digerire la cosa. "Non c'è nulla che c'impedisca di andarci ogni tanto..."

"Sì, sarebbe un piacere. Vorrei presentarti degli amici. Tipo Sully, quello che mi ha aiutato a trovare il rifugio. Ma credo che il nostro posto sia la montagna."

Sorrido, però poi mi viene in mente una cosa... "E Lockepoint?"

"I miei se la stanno studiando. La tenuta è legata a doppio filo coi creditori. E a quel che ha capito Kylie, molte delle ricchezze di Thom sono state donate a un paio d'aziende private che si occupano di preservazione."

"Intendi... preservazione delle riserve naturali?"

S'incupisce. "Credo possano tranquillamente essere società di facciata dei *venatori*."

Vengo percorsa da un brivido. Sono ancora in circolazione. Ancora ci minacciano.

"Tu e Wren siete al sicuro qui."

"Lo so. Grazie." Questo è probabilmente il posto più sicuro al mondo per noi.

"Continueremo a indagare. Ma per quanto riguarda Lockepoint... non so se tu e Wren erediterete qualcosa."

Faccio spallucce. "Non importa. Non abbiamo bisogno di soldi sporchi di sangue. Posso farmeli da me." Gli stringo la mano. "Sto ancora aspettando l'invito ufficiale a lavorare alla *Mountain Top Investments*."

S'immobilizza. "Verresti davvero a lavorare con me?"

Mi giro verso di lui. "Certo! Mi piace il mio lavoro. È che non voglio più fare da schiava."

"Ecco allora l'offerta ufficiale: socia al cinquanta per cento. Che ne dici?"

"Perfetto." Lascio che mi prenda fra le braccia e mi dia un bacio in un casquè.

"Ti amo, colombella," mormora appena prima d'impossessarsi della mia bocca.

"Ti amo, orso vichingo." E rispondo al bacio.

* * *

Non preoccuparti, non finisce mica qua! Continua a leggere: c'è l'epilogo speciale sul baby shower di Lana – con Lana, Paloma, Wren... e qualche ospite di Taos. Ah: e ovviamente i grandi orsi cattivi!

Epilogo

Paloma

Il *baby shower* del figlio di Lana si tiene in una meravigliosa e frizzante giornata autunnale. Io e Darius ci presentiamo presto per dare una mano anche se Lana ha assunto degli organizzatori, perciò quando arriviamo il tavolo da pranzo è imbandito d'un buffet completo e fuori è stato installato un gran tendone coi tavoli già preparati.

Più un arco di palloncini color dell'arcobaleno e tovaglie con disegnati arcobaleni fissate alle tavole da piccoli orsetti bruni.

"Niente rosa e azzurri?" la prendo in giro. Porta un comodo completo da casa blu pervinca coordinato alle trecce blu mescolate a quelle rosa chiaro.

"Volevo tutti i colori. Teddy voleva il marrone – t'immaginerai il perché – e quindi gli orsetti sono per lui."

Gli organizzatori sono tutti spariti, ma abbasso comunque la voce. "Pensi che il bambino sarà un mutante?"

"Secondo Teddy è probabile." E compare, come da noi convocato. Viene a porsi a grandi passi accanto alla compagna e si china per piantarle un bacio sulla cima della testa.

"Scommetto che saranno tutti orsi."

"Bruni?" scherzo. "Tipo te e Darius?"

"Sì." Non riuscirebbe a gonfiare il petto di più neanche se ci provasse! "Anche se Everest spera in un incrocio fra un grizzly e un polare. Come lui."

"Ma è geneticamente possibile?!"

"No," fanno i due piccioncini all'unisono.

"E avete voglia di spiegarglielo?"

Teddy si limita a sospirare.

L'orso di Everest si sposta fra i tavoli. Mi sa che Lana ha organizzato la festa fuori proprio perché possa parteciparvi.

Lo dico a Darius, che annuisce. "A breve faremo una riunione di famiglia per dirgli di tornare in forma umana. Credo che viva di quel che trova ormai. Come un orso."

Vorrei chiedergli altro, ma arrivano gli ospiti. A Los Angeles Lana ha dato un gran festone per gli amici famosi, perciò questo è per parenti e mutanti.

Stare accanto a Darius è quasi insopportabile – quanto amore... quanta vicinanza. Dopo dieci anni di solitudine, d'un tratto ho tutto. Rischia di scoppiarmi il cuore!

Hutch e Bern hanno portato in elicottero le donne di Taos. Sono le compagne umane di Rafe, Lance e Deke, quelli che ci hanno aiutati a salvare Wren. Adele, Charlie e Sadie sono tutte molto amiche di Lana.

"I ragazzi vengono?" fa quest'ultima abbracciandole.

"Fanno i babysitter," dice Charlie. "Giornata fra donne – e visto che non guidiamo noi... ci si sbronza!"

Le porgo un sidro corretto e mi ringrazia con un sospiro.

"Vi fanno le congratulazioni però," fa Sadie. "E Deke e Lance hanno litigato su chi vi avrebbe regalato il marsupio per neonato. Hanno opinioni molto forti in merito."

"Come stanno i gemelli, Sadie?" domanda Lana.

"Ci tengono svegli a tutte le ore." Fa un sorriso stanco. "Ansel è un gufo della notte mentre Bonnie si sveglia all'alba. Fortuna che a Deke basta dormire poco."

"Ti va una tazza di caffè?" dice Wren.

"O di sidro corretto..." Sollevo il vassoio.

"Che ne dite di un caffè corretto?"

"Adesso sì che si ragiona!" Adele s'illumina e ridiamo tutte.

Dopo il brunch alcolico, si passa ai regali. Adele a Taos ha una cioccolateria, e ha portato qualcosina per tutti: confezioni bianche e oro di cioccolatini a forma di orsetto. Lana adora i libri che le abbiamo preso per il bimbo. Teddy e Darius hanno realizzato diversi marsupi usando come modelli per il bambino due orsacchiotti di peluche.

Le mie ovaie ce lo vedono proprio Darius con in braccio un bambino. Mi becca a guardarlo e gli s'infiammano gli occhi d'oro. Mi giro, prima che all'orso vengano strane idee...

Wren si sporge verso di me. "Tu e Darius mi farete zia?"

Le do uno schiaffetto al braccio. "Abbi pazienza! Vogliamo un po' di tempo per noi. E poi voglio farmi una carriera."

"È tanto per dire, eh, ma Darius sarebbe un padre casalingo fantastico."

La zittisco. I mutanti hanno un udito sensibilissimo. "Non tentarmi." Quando rialzo lo sguardo, Darius mi spara un'occhiatina sexy e decido che non mi dispiacerà poi tanto se prima o poi m'ingraviderà di un orsetto.

"Facciamo anche il gioco del sesso del nascituro?" domanda Charlie a Lana.

"È troppo presto. E poi Bern ieri ha passato tre ore a spiegare che non esistono solo i generi binari." Sorride al gemello dark. L'interessato si schiarisce la voce, come sul punto di lanciarsi in delucidazioni... ma Hutch e Canyon lo agguantano per parargli una mano sulla bocca. "Ho chiesto però al medico l'ultima ecografia," continua. "Non l'abbiamo ancora vista." Alza una busta. "Teddy, vuoi avere tu l'onore?"

La prende e spiega una fisarmonica di bianco e nero lunga quasi fino a terra. Ci mettiamo qualche secondo per comprenderla.

"Bambino uno," legge Lana sull'etichetta della prima. C'è una serie d'immagini, poi un'altra etichetta. "Bambino due."

A Teddy comincia a tremare la mano. Lana afferra l'ultima serie di foto. Fissiamo tutti la terza etichetta.

"Bambino tre," legge Darius.

Teddy sgrana gli occhi, le labbra congelate. Darius le prende per posarle sulla tavola. Lana si sporge verso il pancione, su cui posa la mano. "Vuol dire che..."

"Sì," dice Matthias con fare impeccabilmente dottoresco. "Avrete tre gemelli."

Segue una pausa sconvolta.

"Sìììì!" urlano gli 'altri' tre gemelli. Axel attacca ad applaudire lentamente.

Sadie si è portata le mani al viso – ride senza ritegno.

"Congratulazioni, fratello." Matthias gli dà una pacca sulla schiena. Teddy vacilla un po', ma lo sorregge Axel.

"Non preoccupatevi." Darius va ad abbracciarlo. "Siamo tutti disposti a farvi da babysitter."

"Sì!" concordano gli 'altri' tre gemelli.

Teddy sembra sul punto di svenire. "Non so se ringraziarvi o dirvi di stare alla larga dai cuccioli."

"Vieni qui, su." Lana gli sventola la mano e lui la raggiunge. Sprofonda in ginocchio davanti alla poltrona dov'è seduta per posare la testa contro la sua. Distogliamo tutti lo sguardo per concedergli un attimo d'intimità.

"Va tutto bene, papà orso," gli mormora. "Ce la faremo."

"Ti amo, piccolina." Ha la voce strozzata.

Dopo un lungo minuto di baci, Matthias si schiarisce la gola. "Dai, fratello. Beviamoci un goccio. E poi magari noi zietti possiamo allenarci a cambiare pannolini." E lui e Darius se lo portano via così com'è: ancora sotto shock.

Lana batte le mani. "Chi vuol vedere la cameretta?"

"Mi rimangio tutto," bisbiglio a Wren seguendo Lana. "Visto che in questa famiglia saltano fuori sempre gemelli, sarà meglio che tenga le gambe chiuse."

"Tanti auguri," ribatte con una risata.

È ormai pomeriggio quando ci dedichiamo all'ultima attività in programma.

"I fratelli hanno indetto una gara di torte alla zucca," annuncia la padrona di casa. "Chi vince si guadagna l'onore di preparare le torte per il Ringraziamento. Adele, fai tu da giudice?"

"Certo." Torna fuori, al tavolo decorato a tema, per mostrare le otto creazioni.

Matthias fa una corsetta fin ai tavoli con un sorrisone. "Riunione tra fratelli... e sorelle. Venite tutti qui."

Vado da Darius, che mi cinge le spalle con un braccio e mi tira a sé. Andiamo insieme da Matthias.

I gemelli lo ignorano finché non si porta le dita alle labbra per fischiare forte; allora fanno scattare in su le testoline a guardarlo. Gli fa segno di raggiungerlo.

Axel, Everett e i tre vengono da me, Darius, Teddy, Lana. Circondiamo Matthias.

"Ho una notizia da darvi," fa con voce forte ma delicata. "Sono appena tornato dalla baita della mamma."

"Della mamma?!" esclama Teddy.

"Sì. E vi devo dire una cosa: è sveglia."

* * *

Speriamo che ti siano piaciuti Il reclamo dell'orso *e la storia di Darius e Paloma! Se la risposta è sì... ci farebbe molto piacere ricevere una recensione. Fa un'enorme differenza per le scrittrici indipendenti come noi.*

*Se non hai ancora letto il libro su Teddy e Lana (*Salvataggio alfa*),* <u>*clicca qui*</u>*.*

*Se invece vuoi ripercorrere i passi di Jackson e Kylie (*Tentazione alfa*),* <u>*clicca qui.*</u>

E non dimenticare le coppiette di Taos e le avventure della serie sulle operazioni speciali!

Con affetto e abbraccioni da orsacchiotto,
Renee e Lee

Clicca qui per leggere un racconto BONUS: *Ringraziamento col grande orso cattivo*

OTTIENI IL TUO LIBRO GRATIS!

Iscrivetevi alla newsletter di Midnight Romance per ricevere La Vergine e il Vampiro e notifiche riguardo a nuove pubblicazioni!

https://dl.bookfunnel.com/wg56byh1hb

OTTIENI IL TUO LIBRO GRATIS!

Iscrivetevi alla newsletter di Renee per ricevere Preludio e Indomita, scene bonus gratuite e notifiche riguardo a nuove pubblicazioni!

https://subscribepage.com/reneeroseit

* * *

Ricevi un libro gratuito, **Allevata dai Berserker** (solo per i fan più sfegatati iscritti alla newsletter di Lee). **Clicca qui per cominciare**

Altri libri di Renee Rose

https://reneeroseromance.com/italiano/

I lupi di Wall Street

Grande capo cattivo: Mezzanotte

Grande capo cattivo: Il folle della luna

Grande capo cattivo: La marchiata

Grande capo cattivo - Gli accoppiati

Alfa ribelli

Tentazione Alfa

Pericolo Alfa

Un premio per l'Alfa

Una Sfida per l'alfa

Obsession Alfa

Desiderio Alfa

Guerra Alfa

Missione Alfa

Tormento Alfa

Segreto Alfa

La preda dell'Alfa

Il sole dell'Alfa

Sangue Alfa

La luna dell'Alfa

Giuramento Alfa

La vendetta dell'Alfa

Fuoco Alfa

Salvataggio Alfa

Ordine Alfa

Grandi orsi cattivi

Il reclamo dell'alfa

Wolf Ridge High

Alfa Bullo

Alfa Cavaliere

Fratellastro Alfa

Re Alfa

Wolf Ranch

Brutale

Selvaggio

Animalesco

Disumano

Feroce

Spietato

Due Segni

Indomita (gratuito)

Tentazione

Deseada

Sedotta

Uomo d'onore

Non provocarmi

Non tentarmi

Non costringermi

I peccati di Chicago

La tana dei peccati

Radicato nel peccato

Dominami - la serie

Padrone reale

Sì, dottore

Padrone russo

Padrone marine

I suoi due padroni

Il padrone della segreta

Padrone di fuoco

Chicago Bratva

Preludio

Il direttore

Il risolutore

Posseduta

Il sicario

Il soldato

L'Hacker

L'allibratore

Il pulitore

Il playboy

Il guardiano

Vegas Underground
King of Diamonds
Mafia Daddy
Jack of Spades
Ace of Hearts
Joker's Wild
His Queen of Clubs
Dead Man's Hand
Wild Card

Gli alfa di montagna
Eroe
Ribelle
Guerriero

Padroni di Zandia
La sua Schiava Umana
La Sua Prigioniera Umana
L'addestramento della sua umana
La sua ribelle umana
La sua incubatrice umana
Il suo Compagno e Padrone
Cucciolo Zandiano
La sua Proprietà Umana
La loro compagna zandiana (gratuito)

Le spose zandiane

Notte degli zandiani

Comprata dagli zandiani

Dominata dagli zandiani

Luci zandiane: il romanzo della festa aliena

Trattenuta dallo zandiano

Reclamata dallo zandiano

Rubata dallo zandiano

Salvata dallo zandiano

Altri romanzi di Lee Savino

Romanzo Paranormale

I lupi di Wall Street
Gran Capo Cattivo: Mezzanotte
Gran Capo Cattivo: Il folle della luna
Grande capo cattivo: La marchiata
Grande capo cattivo - Gli accoppiati

Alfa ribelli con Renee Rose
Tentazione Alfa
Pericolo Alfa
Un premio per l'Alfa
Una sfida per l'alfa
Obsession Alfa
Desiderio Alfa
Guerra Alfa
Missione Alfa
Tormento Alfa
Segreto Alfa
La preda dell'Alfa
Sangue Alfa
il sole dell'Alfa
La luna dell'Alfa
La luna dell'Alfa
Giuramento Alfa
La vendetta dell'Alfa
Fuoco Alfa
Salvataggio Alfa
Ordine Alfa

La saga dei Berserker
Venduta ai Berserker
Accoppiata ai Berserker
Presa dai Berserker

Altri romanzi di Lee Savino

Data ai Berserker
Rivendicata dai Berserker
Salvata dai Berserker
Catturata dai Berserker
Rapita dai Berserker
Legata ai Berserker
La Notte dei Berserker
Posseduta dai Berserker
Domata dai Berserker
Comandata dai Berserker

Romanza Fantascienza

Il pianeta dei re con Tabitha Black
Compagno brutale
Rivendicazione brutale

Padroni tsenturion con Golden Angel
La prigioniera aliena
Il tributo alieno
Rapimento alieno

Draghi in esilio con Lili Zander
Compagna Draekon
Fuoco Draekon
Cuore Draekon
Rapimento Draekon
Destino Draekon

Romanzi Contemporanei

Il principe scapestrato
La finta fidanzata del futuro re

La bella e i boscaioli
Il mio daddy è un marine
Contesa tra due "paparini"

Dark mafia con Stasia Black
Innocenza

L'autore Renee Rose

L'autrice oggi bestseller negli Stati Uniti Renee Rose ama gli eroi alfa dominanti dal linguaggio sboccato! Ha venduto oltre un milione di copie dei suoi romanzi bollenti, con variabili livelli di erotismo. I suoi libri sono comparsi su *USA Today's Happily Ever After* e *Popsugar*. Nominata *Migliore autrice erotica da Eroticon USA* nel 2013, ha vinto come autrice antologica e di fantascienza preferita dello *Spunky and Sassy*, come miglior romanzo storico sul *The Romance Reviews* e migliore coppia e autrice di fantascienza, paranormale, storica, erotica ed ageplay dello *Spanking Romance Reviews*. È entrata dieci volte nella lista di *USA Today* con varie antologie.

Iscrivetevi alla newsletter di Renee per ricevere scene bonus gratuite e notifiche riguardo a nuove pubblicazioni!
https://www.subscribepage.com/reneeroseit

 facebook.com/Autrice-Renee-Rose-101548325414563

 instagram.com/reneeroseromance

L'autore Lee Savino

Lee Savino è una fra le migliori scrittrici di libri erotici 'smexy' al giorno d'oggi negli Stati Uniti. 'Smexy' nel senso di 'smart e sexy': storie sensuali ed argute. La puoi trovare nel gruppo Goddess in Facebook ed è possibile scaricare un suo libro gratuito su https://leesavino.com/italiano!

Ricevi un libro gratuito, **Allevata dai Berserker** (solo per i fan più sfegatati iscritti alla newsletter di Lee). **Clicca qui per cominciare**

www.ingramcontent.com/pod-product-compliance
Lightning Source LLC
Chambersburg PA
CBHW070524100726
47907CB00004B/973